REMOUILLE-MOI LA COMPRESSE

DU MÊME AUTEUR

Dans la même collection :

Laissez tomber la fille.
Les souris ont la peau tendre.
Mes hommages à la donzelle
Du plomb dans les tripes.
Des dragées sans baptême.
Des clientes pour la morgue.
Descendez-le à la prochaine.
Passez-moi la Joconde.
Sérénade pour une souris défunte
Rue des Macchabées.
Bas les pattes.
Deuil express.
J'ai bien l'honneur de vous buter
C'est mort et ça ne sait pas.
Messieurs les hommes.
Du mouron à se faire.
Le fil à couper le beurre.
Fais gaffe à tes os.
A tue... et à toi.
Ça tourne au vinaigre.
Les doigts dans le nez.
Au suivant de ces messieurs
Des gueules d'enterrement.
Les anges se font plumer.
La tombola des voyous.
J'ai peur des mouches.
Le secret de Polichinelle
Du poulet au menu.
Tu vas trinquer, San-Antonio
En long, en large et en travers.
La vérité en salade.
Prenez-en de la graine.
On t'enverra du monde.
San-Antonio met le paquet.
Entre la vie et la morgue.
Tout le plaisir est pour moi.
Du sirop pour les guêpes.
Du brut pour les brutes.
J'suis comme ça.
San-Antonio renvoie la balle.
Berceuse pour Bérurier.
Ne mangez pas la consigne
La fin des haricots.
Y a bon, San-Antonio.
De « A » jusqu'à « Z ».
San-Antonio chez les Mac.
Fleur de nave vinaigrette.
Ménage tes méninges.
Le loup habillé en grand mère
San-Antonio chez les « gones »
San-Antonio polka.
En peignant la girafe.
Le coup du père François
Le gala des emplumés.
Votez Bérurier.
Bérurier au sérail.
La rate au court-bouillon
Vas-y Béru !
Tango chinetoque.
Salut, mon pope !
Mange et tais-toi.
Faut être logique.
Y a de l'action !
Béru contre San-Antonio
L'archipel des Malotrus.
Zéro pour la question.
Bravo, docteur Béru.
Viva Bertaga.
Un éléphant, ça trompe.
Faut-il vous l'envelopper ?
En avant la moujik.
Ma langue au Chah.
Ça mange pas de pain.
N'en jetez plus !
Moi, vous me connaissez ?
Emballage cadeau.
Appelez-moi chérie.
T'es beau, tu sais !
Ça ne s'invente pas !
J'ai essayé : on peut !

Un os dans la noce.
Les prédictions de Nostrabérus.
Mets ton doigt où j'ai mon doigt.
Si, signore.
Maman, les petits bateaux.
La vie privée de Walter Klozett.
Dis bonjour à la dame.
Certaines l'aiment chauve.
Concerto pour porte-jarretelles.
Sucette boulevard.
Remets ton slip, gondolier.
Chérie, passe-moi tes microbes !
Une banane dans l'oreille.
Hue, dada !
Vol au-dessus d'un lit de cocu.
Si ma tante en avait.
Fais-moi des choses.
Viens avec ton cierge.
Mon culte sur la commode.
Tire-m'en deux, c'est pour offrir.
A prendre ou à lécher.
Baise-ball à La Baule.
Meurs pas, on a du monde.
Tarte à la crème story.
On liquide et on s'en va.
Champagne pour tout le monde !
Réglez-lui son compte !
La pute enchantée.
Bouge ton pied que je voie la mer.
L'année de la moule.
Du bois dont on fait les pipes.
Va donc m'attendre chez Plumeau.
Morpions Circus

Hors série :

L'Histoire de France.
Le standinge.
Béru et ces dames.
Les vacances de Bérurier.
Béru-Béru.
La sexualité.
Les Con.
Les mots en épingles de San-Antonio.
Si « Queue-d'âne » m'était conté.
Les confessions de l'Ange noir.
Y a-t-il un Français dans la salle ?
Les clés du pouvoir sont dans la boîte à gants.
Les aventures galantes de Bérurier.

Œuvres complètes :

Vingt et un tomes déjà parus.

SAN-ANTONIO

REMOUILLE-MOI LA COMPRESSE

ROMAN

EDITIONS FLEUVE NOIR
6, rue Garancière - PARIS VIe

ISBN : 2-265-02488-0

A
Marie-Geneviève BROCHARD

A
Norbert DORS

qui tant et tant me remouillent la compresse.

Tendrement.

San-A.

BOUGRE DE PREFACE

Mon constant souci de la vérité m'oblige à révéler que j'avais initialement intitulé cet ouvrage *la Chartreuse de Parme* car vous verrez, au cours de ces pages échevelées, que Pinaud y boit de la Chartreuse verte et que Béru y commande du jambon de Parme.

Mais mon éditeur, fin lettré et homme intègre jusque sous son bandage herniaire, me fit remarquer qu'un autre écrivain dauphinois, également embusqué sous un pseudonyme, avait utilisé ce titre avant moi ; chose que j'ignorais de la tête aux pieds. En conséquence, je décidai spontanément de laisser au sieur Beyle ce qui appartenait à Stendhal et optai pour un autre titre qui, tout compte fait, se révèle plus moderne et cerne mon histoire de plus près.

On pose des compresses dans cet ouvrage édifiant et on y mouille énormément, au point que je conseille à mes chères petites lectrices de laisser leur slip au vestiaire.

Le parking est gratuit.

San-A.

PREMIERE JOURNEE concernant les faits, hauts faits, méfaits, mésaventures, vécus par l'illustre commissaire San-Antonio, ainsi que par l'inénarrable Bérurier et par le fameux Pinaud, dit Pinuche, dit la Pine, dit Pinaudère, dit la Vieillasse, dit Baderne-Baderne, dit la Guenille, dit le Fossile, dit Tarzan, dit Bite-en-Bronze.

Ça devait arriver.

Ils ont voulu m'avoir, ils ont perdu.

Et maintenant ils s'en vont à la dérive de mon âme. A la dérive du temps qui meurt plus vite que nous, à chaque seconde, ce grand con hilare. A la dérive de la vie qu'on leur a offerte et sur laquelle ils ont déféqué, les malpropres !

Ils sont habillés de mes crachats, regarde ! Vise-les, rutilants de beaux glaves qui leur stalactitent de partout. Mignons dans leur costume à paillettes bourrées de staphylocoques dorés.

Pauvres chers et retentissants foireux foutriques.

Oh ! les amours peints à fresque sur fond de néant.

Ils croyaient m'avoir.

Ils ont failli.

Ils ont perdu. Je meurs sain et sauf.

Je leur avais tant tellement laissé espérer que ma patience n'avait pas de limites qu'ils le croyaient.

Et puis, tu vois : elle en avait.

Ils ont fait le pas de trop par-dessus ma résignation. Un pied sur Sana, l'autre sur une peau de banane ; et l'Antonio est devenu plus glissant que la banane, alors, boum ! Descendez, personne vous demande ! Au tas, mes drôles ! A la grande casse ! Reste plus à César qu'à vous déguiser en compressions ! Ils vous bichent par paquets de vingt, vous écrabouillent à outrance pour enfin vous donner votre véritable dimension, vous déguisent en objet bizarre, en trous du cul empilés, juste si on aperçoit un poil, çà et là, pour se rappeler que vous fûtes horriblement.

Ah ! vous vouliez le posséder, le San-A. ! Eh bien, zob ! zob ! zob !

Non, mais sans blague !

Vous vous figuriez quoi t'est-ce ? dirait Béru. Que j'allais dire *amen* jusque dans mon cercueil ? Me laisser fourrer tout azimut, sodomiser jusqu'à la gorge ? Vous remercier de vos belles enculades ? Crier « encore » ? Vous payer la passe ? Hein, je parie que c'est ça que vous attendiez ? Que je douille piaule et coup de verge, que je fournisse la savonnette et la serviette (nids-d'abeilles) ?

Raté !

J'ai réagi.

Et à présent c'est fini, vous tous et moi. J'en ai marre, on n'en parle plus qu'au passé. D'un instant à l'autre vous m'êtes devenus vachement lointains, improbables j'ajouterai ; vous ne me subsistez qu'à l'état d'auréoles, comme le foutre sur un drap. Cartes de France, de Bulgarie, des Philippines ou du Ruanda. Jusqu'à vos sales odeurs que je perçois plus, c'est vous dire ! Elles qui m'incommodaient plus fort qu'un égout en été, qu'une fosse à merde bouchée, que des menstrues négligées, que des œufs punais, que la cuisine à Jacques Borel et qu'une charogne décomposée. Mon nez vous a radiés. A force de ne plus pouvoir vous sentir, je ne vous sens plus. Il y a encore des miracles en ce monde. La multiplication des pains dans la gueule : banco ! J'ai enfin résurrecté. Lave-toi et mâche ! Je vais. Là où je vais, vous ne pouvez plus me suivre. Bye-bye ! Vous restez sur la rive, sur la terre, tandis que moi, visez un peu ! Vous le matez bien, cet envol ? Y a rien qui gêne, qui vous obstrue ? Vous assistez au grand lâcher de San-

Antonio, mesconnes, mescons. Départ immédiat. Il vous dit merde un dernier coup, vous adresse un ultime bras d'honneur. Attention... Prêts ? Go !

Cette gonzesse, pour tout te dire, elle baisait de force 8 sur l'échelle de Richter. Et il lui arrivait même d'en briser les barreaux. Elle se prénommait Caroline, mais j'en avais rien à branler car, lorsque j'avais à lui parler, je lui disais simplement : « Tourne ton cul, ma gosse ! » Ou bien « Fais-moi la petite pipe de l'amitié, chérie », et ça économisait vraiment son prénom, à tel point qu'elle aurait pu en faire cadeau à une enfant trouvée pour la dépanner si le cas avait échéé. Te dire l'ingratitude qui règne sur nos testicules : je suis infoutu de me rappeler sa couleur pileuse. Je crois que sa toiture était blonde, mais question de la cave, c'est le trou. Pourtant j'ai eu des tête-à-tête plus fréquents avec son hémisphère Sud qu'avec le Nord, à tel point que quand je visionnais sa figure, je me surprenais à penser : « Tiens, elle a oublié de mettre son slip » ! Le monde renversé, quoi ! Y a rien de plus facile à renverser que le monde. Les pôles, c'est une simple question de convention puisque la Terre est ronde. Et si je te disais que le Nord c'est le point non magnétique qui fout la paix à la petite aiguille de la boussole, qu'est-ce t'aurais à répondre, Glandu ?

Je l'avais connue où donc, cette fille ? Là encore, je dois laisser un blanc ; p't'être que ça me reviendra avant la fin du *book ;* de toute manière, tu t'en tamponnes et t'as raison. Certains détails enrichissent un récit, mais certains autres l'encombrent. Le grand romancier doit discerner et bon escienter. De ce côté-là, j'ai pas à me plaindre. Comme me disait le duc de Castries : « Quand je vous lis, ça me les coupe », à ce point qu'il apprécie ma rigueur, monseigneur m'sieur le duc.

Faut pas croire, mais malgré ma verdeur de langage et mes estropiades linguistiques, je suis lu jusque dans les sphères de la Loterie nationale.

Donc, la grognasse en question. Une belle nature ! Du tonus, du mordant, l'aubaine ! Mariée, je signale, et pas mal du tout, avec un agrégé plus ou moins désagrégé du calbute puisque Ninette devait baiser au noir pour assurer les fins de mois de son système glandulaire. On se retrouvait à son domicile, rue de Richelieu, de la manière ci-dessous. Outre un bourgeois appartement, son vieux et elle disposaient d'une chambre de personnel qu'ils destinaient à leur parenté puisqu'ils n'avaient qu'une femme de ménage polak qui se prétendait cousine du cher Jean-Paul II (et je retiens 1, comme dit Coluche). Tu m'avais déjà compris, c'est dans la chambrette du sixième mansardé que nous batifolions sur fond de papier cretonne, l'après-midi, pendant que l'agrégé expliquait à des garnements s'enfoutistes les subtiles arnaqueries de Louis XI envers le Téméraire.

J'ai toujours été très sensible aux lieux et aux objets. Ils sont complémentaires des personnes. Une étoffe me fait frémir l'étouffe-chrétienne, une chambre sous les toits me survolte les sens. D'autant que ma conquête avait meublé celle-ci avec un plumard de famille, haut sur pattes, en noyer brillant comme des hémorroïdes, couronné d'une couette qui rivalisait avec la mienne ; d'une table de noyer à l'ancienne, avec dessus de marbre, d'une commode louis-philipparde, d'un fauteuil à crémaillère garni de velours râpé et d'un tableau que ça représentait une grande connasse en robe à paniers et à gueule de brebis sur une balançoire. Le charme discret de la petite-bourgeoisie de province « montée » à Paname. L'ensemble créait une ambiance propice à mon accomplissement sexuel. Je m'y sentais comme chez une grand-mère absente dont la petite-fille serait la plus pure salope du 1er arrondissement.

Moi qui ai déjà beaucoup mis en pratique et quelquefois même innové quand il s'agit d'amour, je trouvais dans cette chambre digne de Murger, comme disent les grands romanciers qui ont des lettres (mais sur les rayonnages de leur bibliothèque), le climat subtil, la touffeur stimulante qui fait d'une poignée d'abats une bite royale, belle comme le Kilimandjaro, et d'un esprit modéré un ordinateur chargé de programmer des copulances à grand spectacle et à moustaches frisées.

Ce que nous perpétrions céans est très mal racontable, ou alors dans un ouvrage qu'il faudrait vendre sous cellophane, avec simplement la photo de Mme Thatcher sur la couverture pour faire diversion. Elle aimait tout et je le lui accordais volontiers. Elle en redemandait, et je lui en redonnais. Elle me criait : « Je t'ahémaheû », au plus intense de ses frénésies, avec l'accent de Georges Guétary quand il chante en duo avec la soprano légère qui bouffe des escarguinches à la parigote au lieu de prendre le thé. Et je lui répondais : « Moi z'aussi », car notre liaison était si totale qu'elle s'accommodait de toutes les autres et jusque z'aux plus intempestives.

Bref, ce fut une très belle période de ma vie sensorielle et si je ne fais pas brûler un cierge pour remercier sainte Pétasse d'avoir placé cette personne sur la route de mon sexe, c'est parce que ma Caroline en ferait un meilleur usage.

Ayant fortement préambulé, et tu voudras bien m'en excuser de la cave au grenier, il serait peut-être temps d'entrer dans le vif d'un sujet qui comporte pas mal de morts.

Nous y voici donc.

C'était en mai : le mois des premières communions, des chats et de la fermeture annuelle des huîtres.

Une après-midi, mais si ça te dérange, on peut situer la chose *un* après-midi, je lui pratiquais une ingénieuse figure que m'a enseignée l'archevêque de Canterbury et qui consiste, pour la dame à se déguiser en « Y » et pour le monsieur à former le « F ». Le « Y » se place en travers du lit, et le « F » perpendiculairement à celui-ci. On imagine alors, pour la beauté de l'histoire, que le « Y » est un avion appartenant au Strategic Air Command en vol depuis lulure ; le « F » en est un autre venant de décoller de sa base de Houston (ou Rouston, je m'en souviens mal) et chargé de ravitailler en plein vol l'avion « Y ». Pour donner à l'opération tout son prix, le « F » met ses bras dans le dos, le raccordement s'opère donc de visu et de tâtu, mais jamais de manu. De même, le « Y » garde ses bras collés le long de ses jambes. Un délicat ballet aérien se déroule jusqu'au transbordement intégral du carburant ; après quoi l'avion « F » est autorisé à rejoindre sa base après avoir remis son pantalon. Je dois dire que mon pote Ernest, l'archevêque de Canterbury, est un prélat riche d'idées et s'il cherche à développer le goût de la difficulté chez ses Anglicons, c'est pour leur indiquer que les voies qui doivent les conduire à Dieu ne passent pas fatalement par l'autoroute de l'Ouest.

J'étais donc à jouer assez brillamment les « F » (majuscules, s'il vous plaît) et ma chère camarade « Y » soucieuse de garnir ses réservoirs glapissait à voix de volaille : « Tout ! Tout ! Je veux tout » (comme s'il avait été dans mes intentions de lui causer le moindre préjudice !) lorsque l'affaire éclata.

Et tu vas voir que le verbe a été soigneusement sélectionné, puisque fectivement, une salve de mitraillette retentit au-dessus de nos têtes ; elle fut suivie d'un grand cri, puis d'une galopade sur le revêtement de zinc du toit.

Suivit encore un bruit sourd et nous entendîmes, à travers les tribulations de ce ravitaillement en vol, une masse dévaler la pente. N'écourtant que mon bourrage, j'abandonnai mon « Y » pour me ruer sur la fenêtre basse que la température nous avait incités à laisser ouverte. Comme je l'atteignais, une masse sombre passa devant, en laquelle je reconnus un homme, jeune, habillé d'un jean et d'un blouson en faux cuir, chaussé de baskets. Cet individu avait la gueule en sang.

Il s'affala sur un replat du toit bordé par le chéneau,

un pied dans le vide. Quelque part, dans les hauteurs environnantes, d'étranges merles sifflaient éperdument.

L'homme avait planté ses ongles dans un rebord de la feuillure de zinc. Il ne tenait que par ses pauvres griffes et je compris que sa chute ne pouvait tarder.

Je me défenestrai, tout nu, la bite au vent, encore riche de sève malgré l'événement. Les pieds posés à plat sur le toit de zinc, ma pogne gauche fortement nouée à la barre d'appui, je présentai la droite au malheureux.

— Essaie de saisir ma main ! lui dis-je.

Mais il avait morflé plusieurs balles un peu partout dans la tête et dans le buste. L'ultime effort physique qui lui était encore permis consistait à garder ses ongles fichés dans cette rainure. La bordure à vif du métal cisaillait la peau de ses doigts. Il saignait de partout.

— Je l'ai dans le cul, balbutia-t-il, preuve qu'il appréhendait parfaitement sa situation.

Il ajouta d'une voix chuintante :

— Dans la poche de mon blouson, à gauche, prends !

J'essayai de me pencher plus avant, au risque de m'emporter dans les abysses, en priant le Seigneur pour que cette foutue barre d'appui ne fût pas trop vermoulue.

— Tu peux ? haleta le blessé.

La poche comprenait une fermeture Eclair que je parvins à actionner.

Dans la carrée, la mère « Y » bramait comme une harde de cervidés, soit qu'elle eût peur de ma défenestration, soit que ce coup interrompu eût mis à mal son système glandulaire.

— Tu y arrives, bordel ? me demanda l'homme.

Une sombre fureur l'habitait. Il se sentait foutu et en voulait à la Terre entière dont il s'apprêtait à prendre congé.

— Voilà, dis-je.

Je parvins à cueillir, avec mon index et mon médius en pince, une boîte plate, comme celles qui contiennent des pastilles pectorales ; elle était fermée par un fort élastique plusieurs fois enroulé autour d'elle.

— Si tu es un homme, tu porteras ça à ma mère ! me lança le blessé.

Ses yeux, sur lesquels passait le voile de la mort, comme aurait écrit mon excellent camarade Alexandre Dumas, plongeaient désespérément dans les miens.

— Comment s'appelle-t-elle ? demandai-je.

Il bredouilla :

— Tu le sauras… journaux…

Puis de gros coquelicots rouges naquirent sur ses lèvres et éclatèrent comme des bulles. D'ailleurs, c'étaient des bulles ! Je voulus lui attraper le bras, mais pour cela j'aurais dû me dessaisir de la boîte. Je la plaçai entre mes dents afin de libérer ma main. Le temps que j'opère ce geste pourtant bref, le mec lâcha prise et disparut très vite dans la tranchée sombre de la rue de Richelieu.

Ça continuait de siffler et de gueuler au-dessus de moi. J'eus beaucoup de peine à réintégrer la chambrette où Mimi Pinson tutoyait l'hystérie en agitant le fion comme un C.R.S. sa matraque un soir de manif' trop turbulente.

— Finis-moi ! Finis-moi ! me suppliait-elle.

J'abaissai mon regard vers la région de mon individu qui amena l'accoucheur de ma chère Félicie à croire que je n'étais pas du sexe féminin et mon père à choisir pour moi le prénom d'Antoine au lieu de celui d'Antoinette qui est bien plus joli, mais moins bandant.

Je découvris dans ladite région une grande nonchalance peu propice aux entreprises exigées par ma partenaire.

J'argue, pour ma défense, que se balader à poil sur un toit de zinc pour y discuter avec un homme en sang qu'on finit par voir basculer dans le vide, ne porte guère à cet épanouissement sexuel qui m'a valu tant de sifflets admiratifs chez des dames pourtant bien éduquées.

— Ma chérie, plaidai-je, je viens de voir mourir un homme. Par ailleurs, entendez comme ce toit est devenu une espèce de salle des pas perdus. C'est plein de flics que nous allons voir surgir d'une seconde à l'autre ; nous ferions bien de regagner nos slips au plus tôt, et de remettre à demain des débats en comparaison desquels ceux de l'Assemblée Nationale ne seront que chuchotis d'église.

Elle fit un suprême effort pour me convaincre de remettre le couvert. Cette belle âme dévergondée affirmait que rien ne lui paraissait plus « follement excitant » (ce sont ses termes) que de s'envoyer en l'air devant ces ahuris de la police (elle ignorait ma profession).

Ses suppliques ne me détournèrent pas de mon pantalon. J'achevais de me vêtir quand une série de phalanges toquèrent à la porte. J'ouvris et me trouvai en présence de l'officier de police Félix Sabarde, un Auvergnat fait pour coltiner des sacs de charbon, mais il en est des vocations comme des chaudes pisses : elles frappent où bon leur semble.

Son regard se fit gothique en m'apercevant, car il a des orbites à meneaux.

— Vous ! me dit-il sobrement, mais d'un ton qui transformait ce pronom personnel en alexandrin.

— Moi, répondis-je sans utiliser de chambre d'écho.

Je le refoulai dans le couloir pour qu'il ne vît pas ma conquête (la plus noble du cheval).

— Qui est ce mec que vous venez de flinguer comme un garenne ? m'enquis-je.

Sabarde caressa sa main délicate, faite pour pelleter dans un tas d'anthracite, mais que le destin orienta vers des crosses de pistolet.

— Parlons-en ! rebiffa l'officier de police. Il vient de me tuer Laffranchi et de me foutre Berlurin dans le coma, sans parler de mon costar...

Il me désigna le rembourrage gauche de son veston percé d'un trou noir.

Je lui pris le bras et l'entraînai vers des contrées moins hospitalières mais plus favorables à un récit.

Escalier descendant, ou chemin faisant si tu es orthodoxe, il me narra le résumé suivant :

Un coup de turlu anonyme prévint la Criminelle qu'un type, dont le signalement était celui de l'homme abattu, allait opérer un hold-up chez un numismate du quartier de la Bourse. Une surveillance discrète fut organisée. Effectivement, le garçon avec qui j'eus cette brève conversation au bord du toit se présenta et entra délibérément dans le bureau du numismate. Il était armé d'un fusil à pompe à canon scié qu'il coltinait dans une mallette à raquette.

L'homme de planque alerta ses collègues et l'O.P. Sabarde radina avec deux autres flics.

Ils voulurent sauter le gars en plein flagrant délit, au moment où il contraignait le numismate à ouvrir son coffre. L'affaire s'engagea mal. Avec une promptitude folle, le gangster défourailla sur le trio : un mort, un blessé grave, un complet à stopper.

Un quatrième poulaga qui gardait la porte riposta. Blessé, le truand s'enfuit par l'arrière des locaux, prit l'escadrin et grimpa jusqu'au toit, talonné par Sabarde et son collègue. Une fois à l'air libre, le fuyard tira encore un coup de sa terrible arme, mais gêné par sa blessure, il visa mal et lâcha le fusil. Sabarde et son pote se mirent alors à le cartonner ferme. Le gars chuta, dévala la pente et... tu sais la suite.

— Comment se fait-il que vous avez t'été là ? me demande l'O.P.

— Le hasard, mon neveu, éludé-je.

Il renifle à plusieurs reprises avant d'oser insister :

— On a vu un type à poil qui essayait de secourir le coquin, c'était vous, commissaire ?

— C'était extrêmement moi, Sabarde. Pour ne rien

te cacher j'étais occupé à sabrer une soubrette quand votre patacaisse s'est produit. Voyant ce mec plein de sang au bord de la gouttière, j'ai tenté de le saisir, mais il est parti à dame avant.

— Faut pas le pleurer, déclare lugubrement l'O.P.

Bien que je me réserve le monopole de mes larmes, force m'est de convenir qu'il n'y a pas de raison d'en verser sur le sort du bandit.

Nous ressortons de l'immeuble. La rue est barrée, noire de trèpe avide de sensation. Des perdreaux cernent le cadavre en attendant l'ambulance. Ils n'ont trouvé qu'un journal à lui filer sur la tête. Les feuillets agités par un vent coulis donnent un semblant de vie à ce gisant à plat ventre sur le pavé, une partie de ses jambes s'étalant sur le trottoir. Il a emplâtré le pavillon d'une R 30 avant de rebondir entre deux véhicules. Le propriétaire de ladite rouscaille comme un perdu. De quel droit, merde, un connard vient se défenestrer sur sa tire ? Quand on veut se suicider, on se file une olive dans la calebasse, point à la ligne ! Elle va marcher, l'assurance ? Vous les connaissez, ces salauds ? Toujours à brandir une clause perfide imprimée quelque part en caractères minuscules et qui annule toutes les autres. Une R 30 neuve, je vous prie de constater !

Les sergeots le prient poliment de s'écraser ; ce qui est un comble, vu la situasse, non ? Y a un sous-brigadier, avec une petite moustache à la Charlot, qui l'objecte comme quoi en présence d'un mort, on fait pas tout ce foin. Et le tomobiliste répond que dites donc, brigadier, c'est vous qui va me payer la réparation ? Il sait-il le tarif des carrossiers, le brigadier ?

Je considère la silhouette désarticulée à mes pieds. Ces jambes, ces mains, ces vêtements d'homme.

Je pense à mes deux collègues abattus par le fuyard. Un mort, un mourant. Et l'agresseur mort aussi. Et puis le costar endommagé de Sabarde dont la bonne femme va râler. Il n'existe pas de petits problèmes dans la vie.

Les soucis sont les cousins germains du chagrin. Petit tracas deviendra grand pourvu que Dieu lui prête vie. Exister, c'est attendre des pluies de merde. On respire une rose, on bouffe un cul, on boit un pot, on se persuade que tout va bien, que tout il est joli. Et puis, patatraque : le seau de gadoue en pleine poire !

L'O.P. Sabarde glisse sa main dans le blouson du gars pour inventorier ses vagues : elles sont vides. Il a un peu de fric dans celle de son jean, c'est tout.

Pour faire tout à fait primesautier, il se met à pleuvoir. Des bagnoles en rogne d'être bloquées klaxonnent à tout va. Enfin, une ambulance de Police Secours vient dégager la piste.

— Je rentre à la Grande Crèche, dis-je au brave Sabarde, si tu as besoin de moi, tu sauras où me prendre ?

Il murmure, d'un air d'en avoir trente-trois :

— Est-ce bien utile qu'on cause de votre présence chez la bonniche, commissaire ?

— Il faut toujours dire la vérité minutieusement dans ses rapports, Félix. Surtout ne fais pas de tachycardie à cause de ma réputation, les peuples de cent cinquante nations savent que je suis un important producteur de spermatozoïdes et que j'ai des succursales un peu partout.

— Mouais, entrez ! hurle Bérurier-le-Grand.

Passant outre ma timidité, je pousse la porte de son bureau directorial et trouve mon auguste directeur cul nu au milieu de la vaste et noble pièce.

Nonobstant cette particularité, le reste de sa mise est rigoureux : chemise blanche, veston bleu croisé, cravate bleu sombre, pochette blanche, chaussettes noires, souliers noirs.

T'ayant de longue *datte*, comme dit mon pote Mohamed, initié aux mœurs pittoresques de cet étrange mammifère, tu comprendras que ma surprise en le découvrant dans cette tenue, soit modérée.

— Des problèmes ? lui dis-je.

— Parlez-moi-z'en pas, commissaire ! grogne l'Obèse.

« V'savez c'que c'est qu'une journée à la con ? Sinon, r'gardez-moi ! Maginez-vous (il me voussoie depuis qu'il assume ses très hautes fonctions) qu'à midi, Maâme Bérurier, mon épouse, s'est gourrée en préparant la sauce des asperges. Elle l'a faite av'c de l'huile de ricin. J'sais pas si vous auriez espérimenté c'te saloperie, j' peux vous assurer que c'est, depuis dès lors, la vraie panique dans ma boyasse. Un pet, j' peux plus m' permett', commissaire. C'est esclu ! Mais comme madame Bérurier avait confectionné un cassoulet pour suiv' les asperges, faut savoir prend' ses responsabilités : éclater ou y aller à la sulfateuse. Entre deux mals, moi vous me connaissez ? J'm'étais organisé en inconséquence, mon cher, c't'à-dire que chaque fois que' j' devais tirer une salve, j'allais tomber le bénouze dans mes cagoinsses privés.

« Prudence est mère de la Sûreté. D'ailleurs, mon arrière-grand-mère s'app'lait Prudence. Mais, j' continue... V'là qu' j' reçois un coup d' turlu de not' miniss. C't'un homme qu'est d' Marseille et, de ce fait, savonne un peu en causant. On est obligé d'y faire r'passer la bande sonore si on voudrait piger c'qu'il dit. Y m'annonçait comme quoi une grande surprise s' préparait pour nous aut'. Je croye qu'il doit s'agirer d'une rallonge ; on voira bien. Tandis qu'y jactait, un rappel des flageolets s'opère dans ma boîte à ragoût. Moi, caparé par la causance du miniss, j'oublille les précautions dont j' dois prendre, et v'zoum, je veux balancer un' louise. Ma douleur ! Le désastre du Parvis ! Dieu d'Dieu, c' déboulé ! D'autant qu' j'y allais franco d' port, comme si j' me serais trouvé en p'tit comité, av'c des r'lations qu'on s' gêne pas ; à la bonne franquiste, vous voyez ? Une chouette loufe su' l' ton d' la plaisanterie. Alors là, j'ai joué calamitas !

« On peut pas s'figurer, l'huile d' ricin, ses conséquences. La Berthe, é m' la copyright, croiliez-moi. « *Le Naufrage d'l'Optalidon* » ! Mon futal est d'venu un vrai film catastrophe. J'vous parle pas du calbute qui m' paraît hors circuit doré d' l'avant. Mais l'bénouze, pour l' ravoir, ma s'crétaire va passer le restant d' la journée d'sus. Quand j' y ai d'mandé d'lu refaire un' santé, mam'zelle Chochotte tordait l' nez ; ell' prétendait qu' c'tait pas dans ses attribuances ; là, elle m'a entendu, la Ninette. « Mon p'tit cœur, j'lu ai dit, pourquoi croyez-vous-t-il qu'l'Etat vous allonge un salaire d'gala ? Pour vous r'peind' les ongles ? Pour téléphoner à vot' julot ? Pour vous faire des p'tits solos d' mandoline sous vot' burlingue ? J'veux bien fermer les yeux sur vos branlettes, ma poule, mais quand c'est l' coup d' feu, c'est l' coup d' feu !

« C't'aprème, j' vous donne pas d' courrier à tapoter, juste un malheureux grimpant à remett' dans l' droit chemin, alors cessez vos giries et foncez m' jouer la tornade blanche ammoniaquée. »

Il se tait, rembruni soudain par un borborygme qui parcourt ses entrailles comme un bruit d'avalanche une chaîne alpestre.

— Béru, ne puis-je m'empêcher de murmurer, il est des moments où tu frôles les sommets !

Sa Majesté réprime une moue de satisfaction.

— Commissaire, fait-il d'un ton conciliant mais ferme néanmoins, j' croye préférab' qu' vous m' tutoissiez pas. Les sentiments restent c' qu'y sont, mais d'vant des tierces ça risqu'rait d' mal la foutre.

Il se plante devant moi, superbe avec son beau ventre pendant, son sexe démesuré, pareil à une pompe à essence ancienne déguisée en épouvantail.

— Trêve d' ravaudage, coupe mon éminent directeur. Vous avez voulu m' voir, commissaire ; y s'agite d' quoi t'est-ce ?

— L'affaire de la rue de Richelieu, monsieur le directeur.

— Ce gonzier qui nous a sucré deux petits gars avant de se fraiser ?

— Cela même. Je vous serais reconnaissant de bien vouloir me la confier.

Alexandre-Benoît Bérurier prend tout à coup l'air matois d'un marchand de bagnoles d'occasion auquel on propose de racheter une voiture neuve disponible pour cause de décès.

— En quoi t'est-ce vous intéresse-t-elle, mon cher ?

— Je me trouvais comme par hasard sur les lieux, monsieur le directeur, ce qui a éveillé mon intérêt.

Le Mastar ricane :

— Comme par hasard, v'nant d' vous, j'ai envie d' vous dire « mon zob », commissaire.

— Il est toujours le plus magistral de France, monsieur le directeur, si j'en juge à ce que j'aperçois.

L'important personnage hoche la tête, sachant bien que le compliment n'est pas le fait d'une flagornerie subalterne, mais l'expression atténuée de la vérité triomphante.

— Voiliez-vous, commissaire, me déclare amitieusement ce haut fonctionnaire, le populo s'imagine qu' les grands d' ce monde sont membrés façon ouistitis ; ils croivent s' venger d'leur misère en s'estimant mieux chibrés qu' les puissants ; eh ben là encore, y l'ont dans l' cul, commissaire, je regrette à l' dire. Dans l' cul very profondely. L'paf aussi fait partie des signes estérieurs de richesse. L' jour qu'y s'en aperc'vront ils f'ront payer un impôt dessus, recta-rectum ! J'vous prédique la chose : on s'ra taxé su' le zob, mon cher. Longueur, diamèt', faudra cracher ! Les burnes aussi, vous pensez ! On passera la visite chez l' contrôleur ! Y nous m'surera Coquette av'c un pied en coulisse et un mètre de couturière pour ceux qui l'auront arquée. Les claouis s' jaugeront dans des m'sures à grain. Un d'mi-lit' de couilles, et t' vlà majorette d' quinze pour cent su' l' tiers approvisionné. Jusqu'à la bandaison qui s'ra vérifiée. L'homme qu'aura la trique baise-bol, je vous prille d' croire qu' sa douloureuse s'ra salée !

Il hausse les épaules.

— Bon, où en éteignons-nous ? Ah oui : la rue de Richelieu. Bon, ben c't'enquête, occupez-vous-la-vous-en. J'peux pas vous r'fuser.

— Croyez-en ma gratitude, monsieur le directeur !

Nous en sommes là lorsque la porte s'ouvre en force. Le brigadier Poilala, qui fait office d' huissier, débouche dans le bureau comme un cocu dans le cinq cassettes où sa dame se fait troncher.

— Eh bien, eh bien z'alors, Poilala, fulmine Bérurier, depuis quand ne frappe-t-on-t-il plus ?

Mais le surgissant rugissant ne tient pas compte de la réprimande (Lozère).

— Ah, oh ! Monsieur le directeur, si vous saviez !

— Y a le feu ? plaisante l'Obèse.

— Pire ! Imaginez-vous... Une visite surprise de...

Il étouffe.

— Eh bien ! disez, sapristi, Poilala ! tonne l'Enflure.

— Une visite surprise de... du... du président de la République !

Le tonnerre choit aux pieds d'Alexandre-Benoît. Le Gros a rosi, ce qui est sa façon de pâlir. Ses grosses lèvres se mettent à remuer comme s'il répétait mentalement la table de multiplication par « 9 ».

— Le président de... de quelle République, boug' d' grand con ? profère mon directeur sur le ton d'ultimes recommandations d'un agonisant.

— Mais française, monsieur le... Il est en bas... Non, en haut, j'entends l'ascenseur !

Béru se tourne vers moi. Puis il gratte lentement ses valeureux testicules pour en faire jaillir la lumière. Mais rien ne se produit car son disjoncteur a sauté.

Alors, n'écoutant que ma présence d'esprit, et Dieu

sait si j'en ai (de la présence et de l'esprit, merci), je le bouscule derrière son bureau. Je biche une pile de dossiers que je place devant son ventre poilu (de la Marne).

— Tu as une entorse, gros goret, vu ?

— Mavoui, mavoui ! bafouille l'Attila des comptoirs.

Je me précipite à la porte matelassée. A tout hasard, Poilala, pétrifié, s'est mis au garde-à-vous fixe.

Le groupe surillustre se présente. Lui, le président, si beau, si romain, si calme, si pareil à Thierry le Luron ; flanqué du ministre de l'Intérieur, si ministre, si Intérieur, si conforme à mon cher Patrick Sébastien. Plus un chef de chiottes ou de cabinets, et un commandant de la maison militaire avec, à l'arrière-plan, un conseiller à l'infrastructure fondamentale des divergences. L'ensemble impressionne, minéralise, coagule.

Le ventre riciné de Bérurier se met à jodler une tyrolienne de bienvenue.

Un instant j'hésite, ne me rappelant plus si je dois me prosterner ou bien simplement mettre un genou en terre.

Une voix intérieure me chuchote des mots que je répète en efforçant mon organe à la fermeté.

— Mes respects, monsieur le président. Votre visite est pour nous un grand honneur.

Un sourire mystérieux répond à ma phrase. Le ministre en profite pour déclarer :

— M'sieur heu en de la Rique, a tenu heu en vsite heu en heu en svices afin d'éharquer heu en le très porte heu en blême heu en de l'heure.

Je m'incline.

— Merci, monsieur le ministre.

Puis, revenant au président.

— M. le directeur s'est donné une entorse en montant l'escalier ce matin, monsieur le président, vous voudrez bien lui pardonner s'il reste à son bureau.

— C'est pas d'gaieté de cœur, m'sieur l' président !

lance Béru, lequel retrouve ses esprits. Quand on a l'honneur d'avoir l'honneur d' vous accueillir, c'est une fête exprès de pas pouvoir s' précipiter à vot' rencontre. D'autant qu' vous êtes mon premier président d' la République de visu en chair et en os. J'eusse été prévenu, j'aurais préparé quéqu' chose. Poilala, vous voudriez-t-il bien faire monter quèques boutanches du café d'en bas, j'vous prille : beaujolais et alsace, plus quèques sandouiches jambon de Parme-jambon-pain-de-mie-beurre ; eh ! eh ! oh ! Poilala ! Qu'ils préparent aussi deux ou trois sandouiches de voyoux (Béru met un « x » au pluriel de voyou) pour faire déguster à m'sieur l' président. Ils les réussissent de première. J'suppose que vous connaissez l' sandouiche de voyou, m'sieur l'président, en mémoire du temps qu'vous faisiez les troquets à électeurs : harengs à l'huile, oignons frais. Un hectar ! Poilala, vous m'prendrez z'égal'ment des portions de tarte aux pommes.

Le président fait quelques pas glissants dans le bureau, car sa démarche est adaptée aux tapis roulants. Son sourire imperceptible, façon Samaritaine de luxe, disparaît. Son regard méditatif laisse filtrer un peu de sa stupeur. Il n'a pas encore proféré une syllabe, mais on pressent que ça pourrait peut-être venir. Pris entre son goût du folklore et l'indignation, le premier des Français se laisse investir par le surprenant personnage placé devant lui.

— Monsieur le directeur, musique-t-il, si j'avais pensé que vous souffrissiez d'une entorse, j'aurais différé ma visite ; mais ne trouvez-vous pas fâcheux qu'un homme occupant des fonctions de ce haut niveau soit immobilisé ? Ne vaudrait-il pas mieux que vous vous fassiez soigner à l'hôpital ?

— Charriez pas, m'sieur le président ! s'exclame l'interpellé. Si faudrait occuper une place d'hosto pour une guitare fanée, c's'rait déplorant.

Le président, plein de cette mansuétude que vous

savez toutes et tous, Françaises, Français, travailleurs émigrés et peuples sous-développés, s'avance sur ses minuscules roulettes caoutchoutées, élève sa main droite au niveau d'une institution et la confie à Alexandre-Benoît, tout en le dardant en code.

Fou d'honneur indélébile et de jubilation externe, le Gros la secoue avec l'énergie d'un bras de pompe quand il y a le feu dans la cale.

Presser une main présidentielle, tu ne peux pas savoir combien c'est vivifiant, stimulant, enrichissant, suprême, engloriant, beau, riche, aphrodisiaque, marmoréen, salvateur, commémoratoire, chargé d'électricité, de *Marseillaise* en tube, de tricoloration. De belles larmes dont la pression dépasse celle du jet d'eau de Genève jaillissent des beaux yeux bovins de mon directeur. Un bruit évasif mais suspect lui part, mettant ses miches au garde-à-vous.

— Je n'avais pas encore eu le plaisir de vous rencontrer, monsieur le directeur, dit le bon président, sans presque remuer ses lèvres crispées par sa charge.

— C'est réciproque, mon président, assure le Mammouth.

L'illustre homme d'étal acquiesce noblement, car tout dans sa personne dénote l'aristocrate républicain, c'est-à-dire le vrai, depuis son complet beige, jusqu'à sa cravate jaune, en passant par sa chemise bleue et ses chaussures bordeaux.

— J'ai eu l'occasion de rencontrer votre prédécesseur, assure le maître de la France profonde, je dois admettre que le style a quelque peu changé. L'air est devenu respirable.

— J'sus t'heureux d' vous l'entendre dire, mon président, gazouille le Mahousse en laissant filer une vesse avec la prudence d'un chef de cordée assurant le passage d'un à-pic glacé.

C'est le moment que choisit Ninette, la secrétaire terriblement particulière du dirlo, pour surgir.

Le lecteur, dans sa bienveillance inaccoutumière, me permettra — à moins qu'il ne soit décidé à me faire chier — d'interrompre cette palpitante histoire, l'espace d'un paragraphe, pour dépeindre la surnommée Ninette.

Cette personne taillée à coups de spectre (elle est maigre comme la mort), toujours loquée d'un pantalon de velours noir taché de blanc et d'un pull blanc marqué de noir, est affligée d'une myopie désastreuse. Des verres épais comme le télescope géant du mont Palomar lui permettent de secrétarier d'une façon satisfaisante ; las ! une intempestive coquetterie l'incite à ne les porter que devant son clavier universel, ce qui équivaut à dire que Ninette est presque aveugle quand elle ne travaille pas.

Elle s'avance au radar vers le bureau, connaissant les lieux comme son slip, sans remarquer les illustres visiteurs. Elle tient sur son bras le pantalon du Gros. D'un geste vif, elle le balance vers Sa Majesté.

— Tenez, voilà votre pantalon, bougre de gros dégueulasse ! lâche la donzelle. Merci pour le cadeau ! J'ai eu beau l'asperger de déodorant, il pue encore (1) !

Le Mastar s'encolère :

— J'vous prillerai d'esprimer d'une aut' façon thermale, mam'zelle Ninette, réagit l'Infâme, j'veux bien qu' vous êtes miraude comme une taupe, mais y a quand même des gensss qu'un authentique aveugle voirait. Si c'serait un effet d' vot' bonté de dire bonjour à m'sieur l' président de la République, ci-joint, vous v's'évitereriez un blâme dont j' manquerais pas de vous affubler le casier chéant.

(1) *Dans un premier jet, j'avais écrit textuellement : « … il pue encore la merde ! », mais réalisant, à la seizième mouture, que cette réplique était dite en présence du président de la République, j'ai pensé qu'il valait mieux l'écourter, par respect pour son auguste personne. Au cas où il voudrait me récompenser de cette automutilation par une Légion d'honneur, je l'avertis que je préférerais une caisse de vin.*

San-A.

La Ninette, hyper-myope, est plus pétardière encore que non-voyante.

Elle monte en mayonnaise recta.

— Un blâme ! Non, mais ça va pas la tête, gros goret ! Voilà un zigoto qui s'oublie dans son falzar et me force à le nettoyer, un type à qui il faut tailler une pipe quand l'envie lui en prend, et il lui en prend plusieurs fois par jour, et qui parle de me blâmer !

Elle avise des ombres, se décide à chausser ses lunettes lesquelles lui pendent sur les mamelles, retenues qu'elles sont par un cordonnet spécial passé à son cou. Ninette identifie les ombres devenues personnages ; pousse un cri semblable au sanglot d'une vierge déberlinguée par le camionneur qui l'avait prise en stop, et s'évanouit sans avis préalable.

Bérurier hoche la tête.

— Faut pas conclure, mon président, affirme-t-il, elle est pétardière mais bonne fille.

Mais le président ne l'écoute pas. Il chuchote à l'oreille du ministre, de ce ton suave qu'il prend avec son confesseur en période pascale :

— C'est vous qui avez nommé cet homme à ce poste, mon bon ami ?

— Je chprenant heu bafort cournard ou bien liste de en heu décision, se justifie le ministre.

— Certes, je comprends votre point de vue, déclare le président, toutefois, compte tenu des...

Sa voix n'est plus qu'un chuchotement, pareil à celui qu'il émet quand il use du téléphone rouge pour demander à son prédécesseur de lui rappeler le numéro du marchand de vins de l'Elysée.

M'est avis qu'il pourrait y avoir sous peu de nouveaux changements à la tête de notre célèbre maison où les poulets ne sont pas élevés en batterie mais où ils en dressent.

Effectivement, le cortège opère une volte et le chef

suprême de l'hexagone, comme dit la presse, se remporte dans ses pénates sur un sec :

— Au revoir, messieurs !

Béru se prend la tête à deux mains.

— Y a comme un défaut, non ? lamente-t-il.

— J'ai toujours pensé que tu finirais dans le commerce des moules, admets-je implicitement.

Il s'abstient de protester contre mon tutoiement.

Homme d'une grande énergie, il s'ébroue.

— A Vienne qui puera, dit-il, j'ai ma conscience pour moi.

Puis il interpelle Poilala et lui désigne la secrétaire plus évanouie que le cheval de Mme Sagan.

— Chope-moi cette saloperie par la tignasse et fous-me-la dans les chiches, plus qu'elle n'encombre le plancher !

Après quoi, calmement, comme les saint-cyriens de 1914 enfilaient leurs gants blancs avant l'attaque, Bérurier enfile son pantalon.

Mathias travaille dans la cruelle lumière d'un projecteur qui transforme sa chevelure rousse en feu de broussailles. C'est plein de flacons et d'éprouvettes autour de lui. Le Rouquemoute décortique une photographie du général Massu trouvée dans le slip du marchand de nougats assassin des Batignolles.

Son visage fluorescent augmente d'intensité quand il m'aperçoit.

— Heureux de vous voir, commissaire, je me morfonds un peu depuis quelque temps.

— Panne de boulot ?

— Non, d'ambiance. J'ai l'impression que le monde devient gris comme un flash-back cinématographique, lorsque le réalisateur entend renforcer la notion de passé.

L'image me frappe.

— Sans doute vieillissons-nous, Rouillé ?

— On pourrait vieillir en couleurs, dit-il. Mais on trempe dans la morosité et la crainte... Savez-vous ce que je viens de me faire faire, commissaire ?

— Une petite fellation coquine ?

— Non, commissaire : une vasectomie. J'ai pris cette décision qui me rend stérile, estimant qu'il est désormais criminel de procréer.

— Combien as-tu d'enfants, Rouquin ?

— Seize.

— Tu peux te le permettre, mon grand. Tu auras rempli ton contrat, bravo ! Mme Mathias n'est point trop déçue ?

— Je suis parvenu à la convaincre, mais ça n'a pas été sans mal ; vous connaissez ses sentiments religieux ?

« Désormais, poursuit l'Incendié, je me tournerai vers le passé et me contenterai d'élever ceux qui sont là, au lieu d'en préparer de nouveaux. Il faut, à notre époque, savoir limiter ses entreprises. »

Il a un long soupir de pneu tranché par un tesson de bouteille (mon tesson, nos voleurs, comme je dis puis).

— Besoin de moi, patron ?

Je dépose parmi ses dégueulasseries la petite boîte prélevée dans la poche de l'assassin.

— Un truc bizarre, mon lapin russe, vise un peu !

Mathias ouvre la boîte. Sur un lit d'ouate repose un doigt de cire. L'Incandescent me défrime avec étonnement.

— C'est quoi, ce doigt ? demande-t-il.

— Un héritage, fils. Un gars sur le point de canner m'a supplié de le remettre à sa mère.

— Vous l'avez dit, c'est plutôt bizarre.

— Je suppose qu'il contient quelque chose de particulier, émets-je.

— Probablement, il s'agit du moulage d'un annulaire de femme.

— Je te laisse l'objet, arrache-lui son secret, comme on dit dans les romans moins bien agencés que les miens. Dès que tu auras du nouveau, préviens-moi. Si je suis absent, laisse-moi une note sur mon burlingue.

On échange encore deux ou trois considérations sur la vérolerie humaine, le temps et les perspectives de la prochaine réévaluation du franc (1).

(1) *Me rappelle plus s'il s'agit du franc français ou du franc suisse.*

Et je le quitte pour passer à l'Identité.

Pranduront, le préposé en vigueur, est une vieille pédale à l'anus noirci sous le harnois. Il traîne une belle gueule exténuée, pâle, avec des tifs argentés et un regard qui, déjà, se désintéresse des braguettes.

— Salut, ma belle, l'agressé-je bassement, tu as reçu le dossier relatif au truand de la rue de Rivoli ?

— Je l'ai reçu, mais ce type n'est pas fiché chez moi, marmonne Pranduront.

Je tique.

— Tu es sûr ?

— Certain. Nous ne possédons ni ses empreintes ni son portrait.

J'en reste comme deux ronds de tu sais quoi ? Flan ! (Vanille de préférence.)

Non fiché, cela veut dire qu'il ne s'agit pas d'un professionnel. Ce type a bricolé un hold-up en se servant d'une arme particulièrement terrible ; il n'a pas hésité à flinguer les flics, il s'est taillé par les toits comme un vrai gangster de films noirs, et pourtant il est inconnu au bataillon du crime.

— Je veux sa frime dans les journaux de demain, avertis-je, et en bonne place.

— Entendu, répond Mimosette, je m'en occupe.

— Tu as une bonne série de photos ?

— J'ai ce qu'on m'a remis, rétorque le malgracieux : tenez, en voilà une où il paraît vivant, pour un peu on le sucerait.

J'empoche le cliché et me fais la paire.

La routine. Mais quel métier passionnant ! On pose des lignes de fond et on attend que ça morde. Et toujours un poisson finit par goûter à l'appât.

Un quart de plombe plus tard, me voici à l'institut médico-légal (que Bérurier nomme l'institut médigalomane). Le docteur en chef est absent, mais je me rabats sur Mohamed Bistour, son assistant marocain. Un gars sensas, futé, efficace, avec un beau sourire de pêcheur de perles.

— Salut, doc. A-t-on commencé l'autopsie du petit voltigeur de la rue de Richelieu ? m'enquiers-je.

— J'ai pratiqué un premier examen, me dit Bistour ; je viens juste de me laver les mains.

— Des choses à m'apprendre ?

— Age : environ vingt-sept ans ; corps : de coloration claire dans l'ensemble ; taille : un mètre soixante-quatorze ; constitution : parfaite ; signes particuliers : cicatrice d'appendicectomie et plaque de psoriasis au coude droit ; denture : en excellent état, si ce n'est deux canines remplacées, à la suite probablement d'un accident au maxillaire supérieur ; mains et pieds : soignés. L'homme a été atteint de trois balles. L'une a traversé le poumon gauche de part en part, l'autre lui a simplement entaillé le cou, la troisième s'est logée dans le temporal, au niveau de l'oreille droite, causant une blessure qui n'était pas de nature à léser le cerveau. J'ajoute que l'extrémité de ses dix doigts est cisaillée comme par la lame ébréchée d'un couteau. Pour couronner le tout, si je puis dire, il faut mentionner l'enfoncement du crâne et une série de fractures consécutives à sa chute.

— Ses fringues sont encore ici ?

— Je les ai placées dans un sac de plastique pour les faire porter au labo.

— J'aimerais y jeter un œil.

Bistour m'entraîne dans une pièce qui fouette la mort et les produits chimiques pas joyces. Sur une sorte de table de boucher, se trouve un sac-poubelle rebondi, scellé et portant une étiquette administrative. Mohamed fait sauter les scellés et vide le sac de ses nippes. Ces vêtements tachés de sang me serrent le cœur. Il y a quelques heures, ils recouvraient une vie d'homme. Et les voici devenus flasques et privés de signification. J'entreprends de les fouiller minutieusement, malgré ma répugnance. Dans la poche ventrale du jean, je déniche deux billets de cinéma (*La Pagode*), périmés. Dans une poche du blouson, je récupère un petit morceau de nappe de restaurant en papier, sur lequel on a écrit cette pensée : *C'est un luxe d'être différent.*

A part cela, rien, pas même des brins de tabac.

— Votre opinion sur le client, docteur ? demandé-je en déposant les trois bouts de faf sur la table.

Bistour regarde mes trouvailles.

— Un intellectuel, dit-il. *La Pagode* est un cinéma d'art et d'essai, et cette pensée n'a pas été recopiée dans *Le Hérisson ;* peut-être est-elle de lui ? Quant au physique de votre gars, je vous le répète, c'était le contraire de celui d'un homme négligé.

— Et pourtant il a abattu deux flics et commis un hold-up.

— Un intellectuel peut être également un criminel, objecte Mohamed, ça n'a rien d'incompatible.

— Le meurtre est un acte inintelligent, risqué-je.

— Un intellectuel n'est pas forcément intelligent, s'obstine mon terlocuteur.

Bon, on peut aller jusqu'à Vladivostok comme ça, en mettant des répliques bout à bout. Elles ne font pas avancer le chmilblick.

— Si vous avez des éléments nouveaux..., attaqué-je en présentant ma main au dépeceur de défunts.

— Je vous en ferai part aussi, promet ce dernier.

Tout en regagnant ma base, j'essaie de cerner la personnalité du bandit. De toute évidence, il a vidé ses poches avant de débouler chez le numismate ; il voulait rester anonyme en cas d'échec. Quelle utopie ! Qui donc peut espérer taire son identité à une époque où nous sommes tous tellement recensés, répertoriés, fichés ? Quelque chose me trouble dans le comportement de cet homme.

De retour dans mon bureau, j'ai la joie indicible de

tomber sur Pinaud, plus fané et grumeleux encore que d'ordinaire.

Baderne-Baderne a entortillé son cache-nez à son cou de telle sorte qu'on peut lui supposer une minerve pardessous. Il ne s'est pas rasé de plusieurs jours et sa barbe hirsute, plus sel que poivre, le fait ressembler à un vieux Ribouldingue déshydraté. Son chapeau délabré gondole au ras de ses sourcils. Une mèche de cheveux à peu près blancs pend au-dessus de son nez de constipé chronique. Il est le portrait de la Navrance, de la Résignation, de la Pré-agonie, et de la Désuétude absolue. J'en suis profondément remué car il est pénible de voir s'achever un ami. Certes, César Pinaud est un homme délabré qui a toujours eu l'air d'être en partance, un individu fluet et flageolant, un épouvantail à mort (celle-ci devant éprouver quelque honte à lancer sa faux sur un être aussi démantelé), pourtant, ce jour, il m'a l'air au bout du rouleau.

Je dépose mon bras séculier sur son épaule fléchissante.

— Ça ne va pas, l'Ancêtre ?

— Moi si : un charme ; mais Mme Pinaud me donne quelque inquiétude avec sa vésicule biliaire. On lui fait des tests.

On a toujours « fait des tests » à la dame Pinuche. Cette aimable personne est pour beaucoup dans le déficit de la Sécu. De la cave au grenier elle a été explorée, ponctionnée, blousée, analysée, radiographiée. On sait tout de ses bronches, de son foie, de ses ovaires, de son bulbe rachidien, de ses glandes surrénales, de son cœur, de sa rate, de son gésier, de son utérus, de ses os, de son anus, de ses rotules, de son estomac, de sa voûte plantaire, de sa gorge, de ses yeux, de ses oreilles, de son urine, de ses défécations, de ce que furent ses menstrues, de ce qu'a été sa ménopause. Elle a contracté toutes les maladies homologuées, les a toutes vaincues, les recontracte résolument, sans relâche, avec une bravoure feutrée qui force l'admiration. Elle a eu du diabète et de l'albumine, des taux de triglycérides historiques, du cholestérol dans lequel on pouvait pelleter, des virus non identifiés, des microbes à foison, des gonocoques transbahutés par l'époux, des typhus exotiques, des pertes ruineuses : blanches, de vue, de mémoire ; des eczémas rebelles, des thromboses critiques, des rhumatismes déformants, des ulcérations désespérantes, des arythmies forcenées, des hémorroïdes intransportables, des jaunisses asiates, des pneumonies irrévocablement doubles, des débuts de tuberculose, des polypes çà et là, des angines de poitrine (alors qu'elle n'a pas de poitrine !), des lumbagos lunatiques, des éruptions, des confluences, des poussées, des accès, des crises. Tout ! Tout ! Tout, te dis-je. Lorsqu'elle décédera, la mort n'aura que l'embarras (gastrique) du choix.

J'y vais de quelques paroles de réconfort. Pinaud en profite pour pleurer un peu, ce qui est une bonne hygiène, moi je trouve. Les hommes ont à cœur de ne pleurer qu'à bon escient, ce qui est sot car il est bien plus avantageux de pleurer sur le quotidien au lieu de se morfondre à attendre des cas désespérés qui vous essorent les lacrymales en deux coups les gros. La larmette quotidienne vous tient dans un bain d'émotivité propice à l'équilibre psychique.

— Sur quoi es-tu, présentement ? l'à-brûle-pour-point-je.

Le Superflu branle son vieux chef, voire également son couvre-chef.

— Sur rien. Tu sais que notre nouveau directeur a voulu m'attacher à son cabinet particulier ? Ma besogne consiste désormais à descendre lui acheter des bouteilles de beaujolais villages que je mets au frais dans la chasse d'eau de ses latrines.

« Comme il boit beaucoup, ses mictions sont fréquentes et comme elles le contraignent à se rendre souvent au petit coin, il boit de plus belle. Vois-tu, Antoine, sans le moindre esprit de jalousie, laisse-moi te dire que je le trouve impropre à ses hautes fonctions. Il est stupide de confier à des hommes des charges trop importantes pour leurs capacités. »

— Mon petit doigt me dit qu'il va devoir les abandonner sous peu, pronostiqué-je.

Un sourire de papier mâché écarte la barbe du Fossile.

— Dieu t'entende, mon petit. Je regrette nos équipées d'avant. D'autant que le personnage se croit obligé de pontifier avec nous, ce qui abîme notre amitié.

Le voyant vert de mon bigophone s'allume tandis que son vrombissement de bourdon agacé retentit.

Je décroche. C'est Mathias.

— Je peux vous voir, commissaire ?

— Je t'attends.

Il raccroche. La Pine sort un tube de verre bourré de gélules bleues de sa poche et gobe l'une d'elles.

Je me mets à arpenter la pièce dont le plancher craque. Surtout réagir contre la morosité. Se lancer dans le travail, sans oublier la tendresse.

— Veux-tu venir à la maison ce soir avec ta femme, je dirai à Félicie de nous préparer un petit bouffement ?

Le Bromuré s'épanouit et, soudain, paraît rajeuni de cinquante ans.

— Voilà qui est gentil, je suis certain que Mme Pinaud appréciera ; elle a un culte pour Mme ta mère ; cela lui changera les idées.

Je dégoupille mon turlu et compose notre numéro. M'man décroche. Je lui fais part de l'invitation que je viens de lancer et la voici tout excitée.

— Si je préparais un gâteau de foie avec des champignons de Paris à la sauce tomate comme entrée, mon grand ?

— Le pied, ma poule !

— Comme viande, je pense que du veau serait mieux apprécié de Mme Pinaud dont l'estomac...

— Parfait.

— Avec des petits pois frais, j'en ai acheté ce matin au marché. J'ai également trouvé un brie fait à cœur. Comme dessert, que dirais-tu d'un beau flan aux raisins de Corinthe ?

Mathias pénètre dans la pièce. Les pans de sa blouse blanche flottent autour de ses jambes maigres. Il est roux à t'en faire bronzer, ce gus ! Sa peau est couleur de cuivre rouge et ses cheveux flamboient. Il tient un petit bac de porcelaine blanche et attend la fin de ma communication avec une impatience qu'il ne peut réprimer.

Je prends congé de M'man sur un bisou miauleur.

— Tu m'as l'air plus nerveux qu'un pou dans la culotte d'Ursula Andress, dis-je au Rouillé.

— J'ai fait une découverte assez déconcertante, déclare Mathias.

— A propos du doigt de cire ?

— Justement, ce n'est pas un doigt de cire, commissaire, *mais un vrai doigt enrobé de cire !*

Servez chaud ! Je morfle la nouvelle en plein dans les gencives. Le Rouquin dépose son bac sur mon bureau. Je découvre alors le doigt débarrassé de sa pellicule de cire. Un doigt fraîchement sectionné bien qu'il soit exsangue. Mathias a découpé le pourtour de l'ongle afin de pouvoir étudier l'intérieur de celui-ci, puis il l'a replacé dans sa position originelle et fixé avec deux virgules de scotch.

Je lui pose la question qu'il m'a adressée naguère.

— C'est quoi, ce doigt ?

— Un annulaire de femme, main gauche.

— Qu'a-t-il de particulier ?

— Rien, sinon le fait d'avoir été sectionné de la main à laquelle il appartenait. J'ai prélevé l'ongle pour m'assurer qu'aucun microfilm ou tatouage quelconque ne se trouvait dessous, car la chose s'est déjà rencontrée. Je n'ai absolument rien trouvé.

— Cet annulaire a été tranché il y a longtemps?

— Ecoutez, commissaire, il faudra demander confirmation au médecin légiste; mais selon moi, cette amputation date d'à peine vingt-quatre heures.

— On l'a prélevé sur une femme vivante ou morte?

— Vivante, car ce doigt s'est entièrement vidé de son sang.

— Pourquoi, à ton avis, cette pellicule de cire?

— Pour le conserver, probablement.

— Quelque chose d'autre à signaler?

— Il porte la trace d'une alliance, assez fortement marquée. Bien qu'il soit exsangue, on peut constater qu'il était bronzé. C'est le doigt d'une femme dont l'âge oscille entre trente et quarante ans, mais encore une fois consultez l'homme de l'art.

J'opine.

— Très bien, Rouillé. Maintenant, sois gentil : enrobe-le à nouveau de cire pour lui redonner l'apparence qu'il avait avant ton intervention; puis remets-le dans sa boîte et rapporte-le-moi.

— A vos ordres, commissaire.

Exit le Rouquemoute.

— On peut savoir? bêle l'Enrhumé.

Je m'installe dans mon fauteuil pivotant et place mes tartines sur mon beau sous-main de cuir repoussé acheté en sous-main avec mes sous, à un homme de main. Je fais à Pinuchet un résumé de ce que tu sais déjà, bougre de crêpe, et qu'il est superflu donc que je te rabâche malgré ta mémoire dépenaillée.

Le cher vieillard m'écoute en reniflant les stalactites qui tentent de se barrer de son pif. On croirait qu'il joue au yoyo baveur.

Un silence profond comme une pensée de Pascal suit mon exposé. Pinoche réfléchit, engoncé dans son cache-nez mérovingien; le vieux bitos lui tenant lieu de couvercle laisse filtrer, me semble-t-il, une petite fumée conclavesque consécutive à l'intensité de sa réflexion.

— Un homme qui n'est pas un truand professionnel commet un hold-up, armé d'un fusil à pompe, bavoche l'ancêtre, le regard mi-clos, mi-raisin. Il n'hésite pas à tirer sur les policiers qui le prennent en flagrant délit. Il se sauve par les toits, ce qui lui vaut de faire ta connaissance avant de mourir abattu par nos collègues. Il ignore bien entendu que tu es un flic et, se sachant foutu, te charge de remettre à sa mère un doigt de femme fraîchement coupé ; c'est bien ça ?

— C'est ça de haut en bas, César.

— Sais-tu ce qui me surprend le plus dans cette affaire, Antoine ?

— J'ouïs ?

— Qu'il ait été balancé à la police. Ce n'est pas un gangster homologué, vous croyez même qu'il pourrait s'agir d'un intellectuel, donc il est improbable qu'il soit en contact avec le Milieu où grouillent les indicateurs.

Je fais la moue.

— Un fusil à pompe ne s'achète pas à Manufrance, mon vieux biquet, non plus qu'au Bazar de l'Hôtel-de-Ville...

— C'est juste, convient le Sinistré. Je crois, au contraire, que cette emplette lui a été fatale. Il s'est mis en quête d'un marchand d'armes clandestin, lui a acheté le terrible flingue, et l'autre l'a vite balancé.

— Ce qui implique que notre collectionneur d'annulaires lui aurait parlé de ses projets de hold-up ? Pas malin, l'intellectuel.

Je consulte ma liste (sur bristol stratifié) des téléphones intérieurs de la Grande Volière et sonne le service de mon collègue Sabarde. Je dégage quelques intermédiaires encombrants et l'O.P. monte en ligne, comme un poilu de Verdun.

— On vient de me dire que vous êtes chargé de

l'enquête ? murmure-t-il d'un ton où son ressentiment joue de la crécelle rouillée.

— Le tam-tam de brousse continue de bien fonctionner dans cette maison ! ricané-je. Amène-moi le dossier, Félix.

— Quel dossier ? s'épouvante Sabarde.

— Vous n'avez pas été mis en piste sur ce coup-là par l'opération du saint-esprit, non ? Alors je veux savoir qui vous a affranchi et comment, ainsi que le nom et l'adresse du numismate agressé.

— Je vous ai déjà dit qu'à l'origine on avait reçu un coup de turlu anonyme.

— Qui l'a reçu ?

— Laffranchi, le pauvre.

— Ecoute, Sabarde, des dénonciations anonymes, on en reçoit tellement dans cette gentilhommière qu'il faut une standardiste spéciale pour les noter. La plupart sont bidon. Pourquoi avez-vous pris celle-là en considération ?

— Vous avez connu Laffranchi, commissaire ? Son sérieux ? Un pape ! Et encore, y a eu des papes qu'étaient pas blanc-bleu. Il a discutaillé avec le mec qui balançait. Après quoi, il nous a déclaré qu'un coup se mijotait et qu'il fallait le prendre en considération. Ce qui a motivé sa conviction, je ne saurais vous le préciser, toujours est-il qu'on a suivi et qu'effectivement, vous l'avez vu, c'était pas un tuyau crevé.

— Tu es certain que Laffranchi n'a pas donné de précision au sujet de la balance ?

— Pas une broque. Mon avis c'est qu'il la connaissait mais c'était un bourru qui protégeait jalousement ses sources. Il est canné avec son secret, si secret il y avait.

— Voilà le premier point réglé, si j'ose dire. Maintenant, donne-moi les coordonnées du numismate.

Mon collègue me rencarde docilement. L'agressé est un certain Gédéon Mollissont dont les locaux professionnels sont au premier étage du 609, rue de Richelieu.

Il n'avait jamais vu l'homme au fusil, non plus que ses collaboratrices.

Je remercie l'O.P. Sabarde et le prie de me tenir au courant des obsèques de Laffranchi, auxquelles je me ferai un devoir d'assister. Et comment va Berlurin ? Toujours dans le coltar ? Bon, ben on va prier pour lui, que veux-tu faire d'autre ?

Il est dix-huit heures tapantes lorsque nous nous présentons, Pinuche et moi, chez le sieur Mollissont. Son commerce de mornifle occupe tout l'étage. Une grande porte en verre épais et huisserie de laiton affirme en élégants caractères dorés : *Gédéon MOLLISSONT, numismatique.* Une grille assure la sécurité des lieux pendant la fermeture et l'endroit doit être, je gage, truffé de signaux d'alarme. Une plaquette vissée sous le bouton de sonnette conseille au visiteur de sonner, d'attendre et de pousser, toutes choses dont je m'acquitte avec sérieux. Nous pénétrons dans un décor raffiné, aux murs tendus de tissu pimpant, au mobilier *design.* Des agrandissements de pièces grecques décorent l'entrée. Une belle jeune fille ravagée par l'acné braque son strabisme sur nous. Elle est accoudée à une table, prostrée, car les douloureux événements de l'après-midi l'ont traumatisée. Faut dire que la porte de verre comprend deux impacts de balles et qu'on a étalé du papier sur les flaques de sang maculant la moquette.

— C'est fermé, nous déclare-t-elle en zozotant délicieusement, à moins qu'elle ne suce des pastilles ?

Je lui produis ma carte tricolore. Ce modeste document la ranime quelque peu.

— Moi je sais rien, j'étais à la poste, assure-t-elle, c'était l'heure de mes recommandés.

— Aussi est-ce M. Mollissont que nous souhaitons entendre, ma chère demoiselle, la rassuré-je.

— Il est avec Mme Mollissont.

— Nous serons ravis de faire sa connaissance par la même occasion. Mais avant de nous annoncer, je voudrais que vous me disiez qui vous remplace pendant que vous êtes à la poste ?

— Mme Chapoteur, la secrétaire.

Elle nous désigne une porte ouverte sur un petit bureau vide.

— Elle n'est pas ici ?

— Vous pensez, après une émotion pareille, elle a eu une crise de nerfs et on l'a conduite à l'hôpital. Elle est veuve de la semaine dernière, vous vous rendez compte : c'est pas de chance.

— En effet, conviens-je. Maintenant, prévenez votre patron que nous souhaitons l'entretenir.

Mais la jeune masturbée n'a pas besoin de se déranger car un homme en bras de chemise déboule du couloir. Un gros, très porcin, déplumé, blondasse de ce qui subsiste, couperosé, avec un regard bleu pâle, un nez en groin, une bouche de jouisseur. Il marche derrière un ventre de Pâques cerné par une ceinture de croco rouge. D'entrée de jeu, je le juge ardemment antipathique.

— Quoi, qu'est-ce que c'est que ces messes basses, Georgina ? aboie l'arrivant. Je vous ai dit qu'on ne recevait plus personne pour aujourd'hui, merci bien !

La pauvrette rougirait si son teint d'endive n'était inaltérable. Elle essaie de décloaquer de la menteuse, en vain, aussi prends-je les devants.

— Commissaire San-Antonio, monsieur Mollissont, c'est moi qui suis chargé de l'enquête, et voici mon adjoint, l'officier de police César Pinaud.

L'énervé se calme instantanément.

— Oh ! bon, entrez, je vous prie !

Il hésite à me tendre la main, mais devant ma réserve s'abstient.

Il occupe un vaste bureau flambant neuf, dans les teintes gris perlouze, avec des notes orangées de-ci delà, cahin-caha, et quelques tableaux modernes pas pires que beaucoup. Sa rombière arpente la moquette, histoire d'user sa nervosité. Pour te faire une juste idée de la personne, tu imagines une grosse vachasse brune, à l'air con, coiffée frisotté, mal fardée, l'œil stupide, fringuée comme cet as de pique que tu as rencontré le mois dernier au mariage de la cousine Glandule.

— Vous êtes des policiers ? demande la partenaire de lit du numismate, avec un accent aillé-fines-herbes qu'on pourrait étaler sur du pain frais. Comment pouvez-vous laisser commettre des horreurs pareilles ? La violence, vous autres, ça ne vous tracasse pas ! Les honnêtes gens sont agressés chez eux, mais...

— Madame, l'interromps-je, je vous prierai de nous laisser seuls avec M. Mollissont.

— Mais je suis sa femme ! rebiffe la houri.

— C'est un problème qui ne concerne que lui, riposté-je.

— La moquette saccagée, ça concerne qui ? aboie la vachasse.

Elle porte une délicate excroissance de chair au menton, dans les teintes roses, qui flanque envie de gerber. Je la fixe pour bien concentrer mon écœurement, afin que ma rogne ne subisse aucune déperdition.

— Ça concerne notre inspecteur assassiné et son confrère qui est dans le coma, eux, c'est pas avec Vizir-au-plus-profond-du-linge qu'on va les ravoir.

Mon regard doit ressembler à la foudre dans les toiles de Vlaminck car elle la boucle recta.

— Ma femme, c'est une personne très emportée, plaide son gros bidule.

— Mais qu'elle s'emporte, monsieur, qu'elle s'emporte, c'est tout ce que je lui demande, fais-je en tenant ostensiblement la porte ouverte.

La rogneuse charge vers des contrées d'où je suis

absent. Je relourde avec force. Qu'est-ce qu'ils ont, les gens, à se montrer si dégueulasses, toujours et partout ? A baigner dans l'impitoyable ? A ne s'intéresser qu'à leur cul et jamais au cœur des autres ? On pourrait tenter quoi pour changer ça ?

Le Jésus a fait ce qu'il a pu, et puis tu vois... Ça baigne dans la crème de mots inutiles, dans la sottise endémique, dans les mesquinances toujours renouvelées.

Vérole et revérole ! Alors tu comprends ton impuissance et tu pleures. Tu t'assieds sur une marche, les bras sur tes genoux, la tête basse. Tu soupires : « O Seigneur, y en a-t-il encore pour longtemps ? » Le Seigneur te répond rien, pas te désespérer car s'il te lâchait la vérité crue, tu tomberais à la renverse et t'aurais l'air d'un des morts du cuirassé *Potemkine,* abattu sur le grand escalier que dévale une voiture d'enfant. Moi, je me dis que cette salle d'attente commence à bien faire. Elle pue trop fort. Rien de plus terrible que la promiscuité.

Sais-tu de quoi souffrent les moines retirés en leur monastère ? De leurs odeurs. C'est une belle âme qui me l'a révélé, je bluffe pas. Au début, les bons pères n'écoutent que les chants d'oiseaux, ne reniflent que les plantes de leur cloître ; ils sont en *first* pour prier. Et puis, lentement, les plantes cessent de sentir, les oiseaux de chanter et un vertige les prend de s'entre-renifler ; de constater à quel point ils demeurent mammifères dans leur sérénité, fouettant à tout va, chargés de vilains remugles, les malheureux. Là, le véritable signe du péché originel : l'odeur. Cette prénécrose. Peut-être est-ce parce que les hommes se respirent qu'ils se détestent ; qu'ils s'intolèrent ? Je cherche à piger. Je ne demande pas mieux que de leur trouver des excuses. Il y a une explication à tout, il s'agit de bien chercher...

Et bon, la salope mal venue est *out.* Bravo.

On se tourne vers son porc, lequel, à s'engraisser, a

dû coûter pas mal de son, espère ! Il déborde de partout : de ses fringues d'abord, de lui-même ensuite, comme si son enveloppe ne suffisait pas à contenir son chargement de tripailles.

— Monsieur Mollissont, je sais que vous avez déjà fait le récit de votre mésaventure à mes collègues, je vais vous demander de me le refaire à moi, dans le calme, lentement, en vous efforçant de ne rien omettre.

Il prend place à son bureau, croise les mains loin devant lui et cherche à se rappeler la gueule du « Penseur » de Rodin, mais ça lui revient mal et il doit improviser.

Quand il parle, c'est d'un ton solennel : dame, il s'agit de lui ! Il ne veut rien laisser perdre de son importance. Un savon, il fond entièrement, c'est tout bon. Lui, il veut cracher toute sa mousse ; offrir l'intégralité de sa saponification.

— J'étais assis à ce bureau et préparais mon prochain catalogue de vente, lequel, soit dit au passage, comportera plusieurs pièces d'un grand intérêt, parmi lesquelles un « Louis XVI à la Corne » et un « Pavillon d'Or » de Philippe VI presque fleur de coin. Ma chaîne hi-fi marchait, car je ne saurais travailler sans écouter de la grande musique. Tout à coup, la porte de mon bureau s'est ouverte à la volée et Georgette Chapoteur, ma fidèle collaboratrice, a été propulsée dans la pièce avec une telle violence qu'elle est venue percuter ma table de travail. Avant d'avoir pu réaliser ce qui se passait, j'ai aperçu un homme en jean et blouson, armé d'un curieux fusil à canon court, debout dans l'encadrement de la porte.

Il se délecte, le gros Mollissont. Tu croirais un instit en train de faire faire une dictée à ses garnements, la manière qu'il exprime lentement, en articulant superbe, mieux qu'au Français, parole !

Je profite de ce qu'il se recharge les salivaires pour demander :

— L'homme n'était pas masqué ?

— Non.

— A quoi ressemblait-il ?

— Mais... vous ne l'avez pas vu ? s'étonne le marchand de mornifle.

— Quand je l'ai vu, il avait la gueule en compote, monsieur Mollissont, vous seriez aimable de répondre à ma question.

Le gros vilain nœud rampant se le tient pour dix.

— Il était de taille moyenne, mince, plutôt joli garçon ; des cheveux... je ne sais pas, sombres, dans les châtain foncé, il me semble. Un regard étrange, vert. Je crois, ou marron clair. En y réfléchissant... Je peux vous dire quelque chose ?

— Nous sommes là pour ça.

— Eh bien, ça ne m'étonnerait pas qu'il n'ait pas eu les deux yeux semblables ; l'un m'a paru nettement plus clair que l'autre, presque d'une autre couleur.

— Vous voulez dire des yeux vairon ?

— Oui.

Ça me déclenche quelque chose. A moi aussi, son regard m'a paru anormal, mais, compte tenu de la situation et comme il avait le visage ensanglanté...

— Poursuivez, monsieur Mollissont !

Le numismate retrouve sa vitesse de croisière.

— L'homme m'a considéré un instant d'un air indécis, comme s'il ne savait plus très bien ce qu'il était venu faire ici. Je me suis demandé s'il n'allait pas me tirer dessus. Enfin, il s'est ressaisi et m'a ordonné d'ouvrir mon coffre.

— Vous avez obtempéré ?

— J'ai commencé à le faire ; étant donné la nature de mon commerce, je dispose d'un équipement spécial, mon coffre n'est pas un coffre ordinaire, vous allez comprendre.

Le gros ouvre un tiroir de son bureau et actionne un déclencheur à pistage moléculeur. Le mur de droite se met à coulisser, découvrant différentes portes en acier blotti.

Mon interlocuteur prend un trousseau de clés plates dans sa poche et s'approche de la paroi métallique. Chaque porte est pourvue d'un système à chiffres logé en creux dans sa masse. Il compose la combinaison et, au moyen d'une clé, ouvre la porte qu'il vient de bricoler. Nous avisons alors une série d'étagères très rapprochées supportant des plateaux garnis de velours rouge et divisés en cases de dimensions variables. Le numismate dépose l'un d'eux devant moi.

— Voici par exemple des pièces gauloises, je vous signale la toute grande qualité de ce Parisii.

Il se pavane, fier de ses trésors.

— Vous avez dit que vous aviez « commencé » à ouvrir ; qu'entendez-vous par là ?

— Eh bien j'ai assuré le coulissage de la cloison et je me suis levé pour aller déverrouiller chaque porte.

— Un instant, vous permettez ?

Il se fige, intrigué, en me voyant contourner sa table de travail.

— Faites voir le système qui commande le coulissage (1).

Il me désigne une plaque de métal vissée sur la face nord du tiroir et comportant une touche rouge dans l'esprit de celles qu'on trouve dans les ascenseurs. Je remarque en outre un pistolet de fort calibre posé sur une pile de dossiers.

— L'idée ne vous est pas venue d'utiliser cette arme, monsieur Mollissont ?

Il rougit, hoche la tête.

— Hélas, je ne suis pas un cow-boy, monsieur le commissaire. Bien sûr, j'ai été tenté de le faire, mais

(1) *Coulissage n'était pas un mot français avant l'écriture de ce livre. Tombez à genoux et remerciez San-Antonio pour cet apport.*

cela pouvait provoquer un carnage ; n'oubliez pas que Mme Chapoteur se trouvait entre lui et moi.

J'opine, convaincu du bien-fondé de ses paroles.

— Alors, vous vous êtes donc levé ?

— C'est au moment où je me trouvais près des portes d'acier que deux inspecteurs ont surgi, revolver au poing. « Police ! Jette ton arme ! » ont-ils crié.

« Alors l'homme s'est retourné très vite et a fait feu. L'un des deux policiers s'est écroulé. Le gangster s'est mis à courir vers la sortie après avoir bousculé le second inspecteur. Mais celui-ci l'a rattrapé dans l'entrée et le bandit a de nouveau fait feu. Ensuite, je ne sais plus, il y a eu d'autres détonations, un bruit de course dans l'escalier... Le policier abattu dans mon bureau râlait ; celui qui se trouvait dans l'entrée était mort ; ma collaboratrice piquait une crise de nerfs. Ah ! je vous jure que je ne suis pas près d'oublier cette journée ! »

— Vous n'aviez jamais rencontré votre agresseur ?

— Jamais !

— Vous avez des toilettes ? demande Pinuche.

— La porte de gauche dans le hall.

Le crémeux croit devoir justifier sa requête.

— Ma prostate, m'explique-t-il ; mon urologue préconise une intervention, mais je me tâte.

Il sort. Je prends place dans un fauteuil. Indécis, Mollissont se demande s'il peut s'asseoir également. Je lui adresse un petit signe affirmatif et il se dépose dans son fauteuil Knoll.

On reste là sans piper, à se couler un œil morose de temps à autre. Nous semblons attendre que César ait fini de pisser pour continuer. J'entends la rumeur de la rue où la vie a repris depuis longtemps son cours habituel. Tu tombes du toit, on s'arrête pour regarder ta carcasse disloquée ; on fait des plaisanteries sur le valdingue, on adresse quelques quolibets aux flics, on regarde s'activer les ambulanciers, et puis ça repart dans le rythme effréné. Chacun se démerde de finir sa journée dans les cohues, de se bousculer sauvagement, de s'entre-dégueuler du regard. Féroce ! Féroce à mort ! Et puis M. le Chacun, Mme la Chacune rentrent chez eux. Ouf ! Ils se grouillent de bouffer du surgelé devant la télé. La télé où d'autres mecs pareils à eux se racontent complaisamment. Disent bien tout au meneur de jeu. Leurs fantasmes en détail pour se rendre intéressants. La manière qu'ils baisent ou se masturbent, qu'ils partouzent, font des pipes à trois cents points ou bien s'enchastent dans des idéaux. Ne rien cacher pour s'affirmer sur le front des cons. Etre, dès le lendemain, objets de mépris, de pitié, de répugnance pour leurs relations, mais avoir figuré de haute lutte dans la lucarne maudite, celle qui a changé la face du monde.

Paumés !

Et maintenant, tous ensemble, mes bien chers frères, nous allons réciter un « Va te faire foutre, pauvre saligaud » et un « Je te pisse contre, méprisable crevure ». Car, je t'ai dit, au début : c'est fini, je les veux plus, je me garde pour moi. Ils m'ont trop manigancé. Ils sont l'abomination du monde. Je peux pas haïr, c'est dommage, je fais une atrophie de la glande haïsseuse, mais mépriser, ça reste dans mes cordes ; rejeter, c'est dans mes prix. Je peux encore m'offrir ça : le bandeau sur les yeux, comme aux julots qu'on fusille. Pendant des années, je me suis laissé fusiller sans bandeau, je faisais des sourires au peloton, des clins d'œil, des bisous même, ça m'arrivait. Je les pardonnais volontiers, comme quoi c'était pas leur faute, toute cette sanie, vilenie, saloperie qui les composait. Mais maintenant, attention ! Stop ! Je mets le bandeau ; un bien épais qui ne laisse rien passer. Je m'en retourne chez moi, dans ma conscience qu'ils n'ont pas voulu voir, qu'ils ont tenté d'éclabousser de leur merde. Car ces taches, sur mon âme, l'ami, ce ne sont pas des taches de rousseur mais des éclaboussures de merde. Elle a séché, c'est trop tard pour l'en aller. Ça ne part plus au lavage. Tant pis, mais je préserve le reste. Je suis malheureux, tu sais. Allez, viens, ça ne fait rien, on va acheter du poil à gratter, raconter des histoires à la con pour dire de s'emmener plus loin. On ne peut pas rester accroupi sur son ombre.

Rejoignons ce gros glandu de numismate qui a vécu un western et qui s'en tire avec une moquette souillée, mais je te parie que l'assurance paiera les frais de nettoyage.

Décontenancé par mon silence prolongé, il murmure :

— Vous avez besoin d'autres renseignements ?

— Pas pour l'instant, il faut laisser l'enquête se développer, vous comprenez, monsieur Mollissont ? Lorsque je saurai l'identité de votre agresseur, que je connaîtrai le milieu dans lequel il vivait, ce qu'étaient ses fréquentations, alors peut-être aurai-je encore besoin de vous.

Je me tais à nouveau. Je rêvasse. De plus en plus mal à l'aise, le gros gonzier toussote et trémousse du fion, se demandant ce que je manigance.

— Je réfléchis, lui dis-je ; l'ambiance de ce bureau est propice à ma méditation. Dame, n'est-ce pas ici que le drame a éclaté ? Deux morts, un blessé grave, un veston troué, une moquette souillée, quel sinistre bilan, non ?

Il remue misérablement ses lèvres, ainsi que la carpe vivace à l'étal du poissonnier. Il préférerait que je l'assaille de questions. Mon attitude l'effraie. Un flic qui se tait inquiète toujours davantage qu'un flic qui houspille.

Ce qui me turluzobe, mon cher garçon (et ma chère fille que je devine si exquise avec un petit slip bleu pâle ou saumon, ou fumé, voire tout bonnement blanc), c'est le doigt coupé. Ce doigt dont le hold-upeur se souciait tellement qu'il n'avait que lui en tête à l'instant de passer l'arme à gauche. Détenant cette chose incongrue, à laquelle il attachait tant d'importance, il s'est lancé néanmoins dans une téméraire aventure. Dis-moi, ma petite chérie au regard d'ange fripon, si tu avais sur toi une chose précieuse : pierre, document ou ce que tu voudras imaginer, l'embarquerais-tu dans un coup de main aléatoire ? L'équilibriste qui tente de traverser les chutes du Niagara sur un fil, garde-t-il dans sa poche la montre ancienne de son grand-père ?

— Il vous a seulement ordonné d'ouvrir votre coffre ? je demande pour stopper la désagréable respiration nasale de Mollissont, laquelle se fait de plus en plus bruyante à mesure que croît son anxiété.

— Oui.

— Personne ne vous avait prévenu qu'un hold-up se préparait contre votre comptoir ?

Il écarquille ses vasistas.

— Comment m'aurait-on prévenu ?

Je lui souris.

— Vous ne vous êtes pas demandé comment il s'est fait que la police ait surgi en plein coup de main ?

— J'ai pensé que le gangster était surveillé.

Pinaud réapparaît avec de chouettes traînées sur son bénouze.

— C'est ultra-moderne, chez vous, dit-il à Mollissont, je n'arrivais pas à trouver le fonctionnement de la chasse d'eau.

Il ajoute :

— Plus les choses sont perfectionnées, plus leur maniement est compliqué. Dans mes toilettes, notre chasse est encore à chaîne avec une poignée de bois, nous n'avons jamais de problèmes.

— Voilà qui rassure M. Mollissont, ricané-je. Merci de nous avoir reçus, cher monsieur.

Je m'esbigne si vite que la Gâtoche est prise au dépourvu. Dans l'entrée, la mère Mollissont me prend congé d'une œillade flétrisseuse. La petite branleuse blême articule un timide :

— Bonsoir, messieurs.

J'enjambe le journal recouvrant la flaque. Puis, me ravisant, je stoppe, me retourne et, au numismate qui nous a raccompagnés, demande :

— J'omettais de vous demander l'adresse de votre collaboratrice, Mme Chapoteur.

— Laisse, je l'ai, m'annonce César Pinaud. Ces dames ont eu la gentillesse de me la communiquer.

Chère vieille carcasse ! Toujours le même cœur à l'ouvrage sous sa décrépitude !

La vie est cocasse.

Je n'en reviens pas.

D'ailleurs, personne n'en revient, j'ai remarqué.

Les bons vivants moins que les autres. C'est même eux qui font les plus beaux morts.

J'ai tellement croisé de gens sur ma route... Des qui pétaient de santé, des qui crevaient d'orgueil, des qui se croyaient là pour toujours, des qui aimaient les rubans, d'autres qui préféraient le pognon, des qui se savaient indispensables, des qui vieillissaient tant tellement qu'on les jugeait indestructibles, et bien d'autres, qu'il me faudrait mille pages pour à peu près tous les nomenclater, mais j'en oublierais quand même. Et puis un jour, poum ! Raide ! *Good bye !* On ne s'y attendait pas. On n'y croyait pas, ils baisaient à bride abattue, ils montaient à couilles que veux-tu, ils bouffaient comme des chanteurs, chantaient comme des ogres. Ils avaient des relations, de la fortune, ou bien alors des malheurs très grands, très profonds comme des tombeaux ; et il en existait de vachement célèbres, tellement qu'on ne leur imaginait qu'une seule date sur le dictionnaire (comme moi en ce moment sur celui d'Hachette, à la lettre « D » ; les autres ce sera pour plus tard, quand ils seront assurés que je pourrai plus écrire de conneries irréparables), j'en ai connu qui faisaient les bienfaiteurs à s'y méprendre, ils faisaient les bienfaiteurs comme Sim fait le train, mieux même ; et d'autres, en surnombre, qui eux se contentaient de faire les cons, mais pas mal du tout, je t'assure. Eh bien ces tous que je te cause, ils y allaient de leur randonnée horizontale, fringués milords pour la circonstance, et faut faire fissa, espère, sinon au bout d'un moment, c'est, si je puis dire, la croix et la bannière. Et si tu veux te figurer très bien l'irrémédiable de la chose, te suffit de parler au passé de gens encore vivants. Je vais en citer pour l'exemple, mais comme on me lira encore dans cent ans, faudra bien que mon rééditeur change les blazes, sinon ça tomberait à plat. Que je te dise : « Du vivant de Victor Hugo », ça ne te fait pas frémir un poil de cul. Mais si je te déclare : « Tu te rappelles à l'époque où vivait François Chirac, ou bien Jacques Mitterrand », là t'as le sursaut, pourtant je ne fais qu'énoncer une vérité en devenir. Moi je me rappelle très bien encore cette bonne femme qu'on appelait la grosse Albion et qui régnait sur l'Angleterre sous le règne d'Elisabeth VIII, Mrs. Mâchefer ou Tas-de-Chair, ou Tâte-Chère, ça me vacille dans les souvenirs. Moi aussi je vivais en ce temps-là, Ernest.

Je bougresse, transgresse, digresse, tendresse, excuse-me. Y en a qui détestent, d'autres qu'aiment. Faut panacher : un coup pour les glandus, un coup pour les géniaux, pas feignasse, l'Antonio. Tout-terrain, façon Range Rover, j'ai les quatre roues motrices, plus mes roupettes ; ça permet d'escalader les connards et les futés, les assombris de la coiffe et les lumineux du battant. Note que, tenant compte du pourcentage, je vais plutôt à la facilité : calembredaine, poil au nez, main de masseur, étoile à matelas, Bonaparte manchot, la lyre. Je contrepète, pète, débloque, apeuprèse avec entrain (de marchandises). T'en prends, t'en lèches (tiens, petite chérie, mets-toi à genoux et écarte tes cheveux, y a rien de plus coupant quand ça s'entortille). J'ai pas peur des mots ! Ce sont mes petits potes ; mon ipéca qui me permet de te vous dégueuler à bras-le-corps quand vous outrepassez.

Attends, je vais redémarrer dans l'histoire, mais j'arrive plus. Je suis trop peinard, trop en illumination intérieure. Je passe en revue les gens que j'emmerde, c'est jouissif ! J'en suinte ! Y m' vient des gueules, des noms, des instants. Je ferme les châsses pour me parfaitement concentrer (Vive Nestlé !). Et çui-là, là-bas, que j'allais oublier de conchier ! Seigneur, j'en ai froid dans le dos. Ils sont tous là, groupés, comme pour crier : « Vive Pétain ! Vive de Gaulle ! Vive Massu ! Vive la gauche ! Marchais au pouvoir ! » Ou aux chiottes, selon. Rassemblés, les Augustes. Mes bonnes têtes à claques ! Mes purges ambulantes ! Vous sauvez pas, les gars ! Va y avoir grosse distribution de diarrhée verte, mes chers misérables ! Les toutes grandes seringuées sur vos faces d'apôtres. Quel délice ! Comment parvenez-vous si bien à me flanquer la chiasse ? Des gonzesses, me suffit de penser à elles pour que mon Pollux joue les Castor et baïonnette au caleçon. Vous autres, de vous évoquer, et tout de suite, je bats le Gros dans ses déboires à l'huile de ricin ! Comme Dieu vous a faits complets ; à la fois laxatifs et excréments ! Et comme vous avez bien su me scatologuer ! Je passe maître !

Oui, bon, j'arrive.

On en est où est-ce ?

Tiens, je te fais une cocotte mal taillée...

Fin de repas *at home*. Le flan de Félicie, avec un coulis de framboise divin. Tellement que la mère Pinaud en a clapé malgré son péritoine qui s'est fourvoyé dans sa vésicule, pile au moment que son foie se barrait.

Elle a la force extrême-onctueuse de demander la recette à M'man, la mourante. Sur son lit de mort, c'est pas héroïque ? L'hommage suprême ? Elle tâchera d'en préparer un à son kroum avant d'entrer en clinique se faire faire un pontage, un curetage, un bâclage, un déblocage, un épandage.

Maman, fiérote, écrit la recette sur du papier quadrillé, de sa belle écriture penchée où passent toujours les pleins, les déliés et toute l'élégance graphologique d'autrefois. C'est sa maman qui lui a enseigné l'écriture ; elle y tenait absolument. Elle avait le goût du grimoire, bonne-maman. Fallait pas louper les majuscules avec elle quand tu lui écrivais. Elle te chicanait sur le graphisme. Les « T », en cursive, c'est coton. Elle aimait les jolies boucles frivoles, cette digne aïeule (ne pas confondre avec aïoli). Les « C » qui commençaient par un serpentin fou fou fou ; les « H » pareils à une huisserie anglaise à l'époque victorienne ; et le « i », dis, tu le connais, le « i » majuscule ?

Donc, pour essayer de redevenir sérieux pour les cons, ou con pour les sérieux, v'là ma Félicie qui se torche une vraie compo-fran à propos du coulis de framboises. Le degré d'ébullition, la cuillerée de marasquin, la quantité de sucre, le moment d'ajouter un chouïa de crème fraîche, tout ça... La cuistance, c'est une œuvre d'art, tu peux m'en croire. Tous ces nœuds flétris, là, qui ronchonnent des « y a qu'à, y a qu'à... » je voudrais les y voir dans la cuisine à ma vieille. Y a qu'à, leurs miches, oui ! Y a qu'à, mon cul ! Enfin, heureusement que je les défèque, eux aussi.

A peine que maman se relit à mi-voix (*mezza-voce*, comme disent les Ritals) le turlu clapote. Je renfrogne biscotte quand à vingt-deux heures trente t'as le bignon qui appelle son père, c'est presque toujours pour une chiance.

Une voix poulardière articule :

— Commissaire San-Antonio ?

— Présent !

— Bonsoir, monsieur le commissaire, vous voudrez bien me pardonner si je m'escuse, mais je suis le sous-brigadier Balpot, actuellement en permanence de nuit. C'est bien vous que vous vous occupez de la rue de Richelieu ?

La question me donne à imaginer un San-Antonio de combinaison bleue vêtu, balayant au petit jour, avec une grâce sénégalaise cette éminente artère à laquelle Louis XIII ne devait pas survivre plus d'un an.

— Effectivement, brigadier, le monté-je en grade, je m'occupe de la rue de Richelieu sur toute sa longueur.

Le citoyen Balpot se racle la gorge.

— Je viens de recevoir un appel de la part d'une dame Chapoteur, 188, cité Bergère, qui déclare avoir une déclaration à déclarer vis-à-vis des policiers chargés de l'enquête, comme quoi cela urgerait terriblement. Cette dame me prie de vous prier, puisque dans l'occurrence c'est vous qui dirigez l'enquête, de rentrer en contact avec elle au plus tard tout de suite. J'ose espérer qu'il s'agisse pas d'une blague ?

— Elle vous a laissé son téléphone ?

— Je l'y ai demandé et je l'ai rappelée avant de vous appeler, ce qui m'introduit à croire que c'est sérieux.

— Mes compliments pour cette belle initiative, brigadier.

Je raccroche délicatement afin de ne pas dissiper trop brutalement la musicalité de ma voix dans sa pauvre trompe d'Eustache variqueuse.

Qu'aussitôt ensuite, je compose le numéro qu'il vient de me transmettre. Mon intriguité est extrême. Justement, je me promettais d'interviewer la collaboratrice du numismate demain.

La sonnerie retentit une seule fois et l'on décroche.

— Commissaire San-Antonio, annoncé-je sans excès d'orgueil, vous êtes madame Chapoteur ?

— Oh ! mon Dieu ! s'écrie ma terlocutrice invisible avec de telles inflexions de soulagement que tu en perdrais ta culotte, ma jolie petite chérie.

— Vous souhaitez me parler, madame ?

— Oui, mais de vive voix si possible, monsieur le commissaire.

— A propos des fâcheux événements de la journée ?

— Exactement.

— C'est urgent ?

Elle éclate en sanglots.

— On a essayé de me tuer en me poussant sous le métro, monsieur le commissaire.

— Quand cela ?

— Il y a moins d'une heure. J'ai été réconfortée à l'hôpital à la suite de ma crise de nerfs. J'y suis demeurée quelques heures, après quoi l'on m'a laissée partir. J'ai voulu prendre un taxi, mais il pleuvait. Je me suis rabattue sur le métro. Cela s'est passé à la station Michel-Audiard. Juste comme la rame entrait en gare, quelqu'un m'a propulsée d'un coup d'épaule. Si je n'avais pas eu la présence d'esprit de m'accrocher aux autres personnes qui m'entouraient, j'y passais.

— On a vu votre agresseur ?

— Un type jeune, m'a-t-on dit, avec une moustache, des lunettes noires et un bonnet de laine. Il a disparu dans la confusion.

— Vous avez prévenu la police ?

— Qu'est-ce que je fais en ce moment ?

— J'entends, sur place ?

— Non, j'ai été poussée dans le wagon par le flot. Des personnes m'ont donné le signalement du voyou...

— Et ensuite, qu'avez-vous fait ?

— Je suis rentrée chez moi en courant et je me suis barricadée. J'ai attendu un peu, après quoi j'ai décidé d'alerter les policiers chargés de l'enquête sur les horreurs de cet après-midi.

— Car, vous croyez que cet attentat est lié au hold-up ?

— Probablement.

— Qu'est-ce qui vous le donne à penser ?

— Il se pourrait qu'on veuille me faire taire.

— Parce que vous savez des choses ?

— Je pense.

— De quel ordre ?

Elle soupire puis demande d'un ton de petite fille :

— Dites, ça vous ennuierait de venir chez moi, monsieur le commissaire ?

— J'y serai dans moins d'une heure.

— Merci.

On se sépare provisoirement. Je regagne la salle à manger où Félicie sert le café. Mme Pinaud préfère une tisane pour cause de système nerveux déficient.

Je narre à Pinuche les déboires de Mme Chapoteur.

— Elle m'a l'air commotionnée, il faut que je la voie d'urgence. Vous voudrez bien me pardonner, mes amis, mais le devoir commande !

Mme Pinaud répond que c'est bien naturel, car elle reste urbaine malgré son agonie.

— Je t'accompagne, décide la Vieillasse.

— Mais, comment ta chère épouse rentrera-t-elle chez elle ?

— Elle sait conduire, imagine-toi, n'est-ce pas, ma Bichette, que tu as un coup de volant remarquable ?

Le compliment faisant passer le lâchage, elle nous adresse une moue de confusion et nous mettons le grand développement.

Oui, nous partons dans la nuit fraîche, à l'heure où, du côté de la pointe du Raz (gratis) le sinistre océan jette son noir sanglot.

Nous partons pour, une superbe demi-heure ensuite, débarquer cité Bergère. Des flonflons émanent. Des dames vendeuses de fesses promènent leur magasin le long du trottoir. Un aimable retraité du nom d'Evariste Lamoché, 68 ans, ancien contrôleur des postes, trois enfants plus une fille, comme dirait mon pote Marcel qui est moins féministe que moi, se contente de promener son chien, un boulevardier à poils rêches.

— Tu montes, chéri ?

L'invite s'adresse à César.

Surpris, il s'arrête pour considérer la proposeuse, une très grande et très forte Noire sobrement vêtue d'un tutu et d'un collier de perles, qui tient un fouet en guise de sac à main.

— Ma chère petite, lui dit-il, votre proposition n'est pas dénuée d'intérêt, encore faudrait-il que je susse vos prix.

— T'as combien de balais, grand-père ?

— Que voilà donc une question indiscrète ! proteste le Dédoré. En quoi mon âge importe-t-il ?

— Question de temps, biquet. Avec le carat que tu trimbales, rien que dans l'escalier je suis certaine de perdre cinq minutes ; et ensuite on se lance dans l'inconnu.

— Ma belle enfant brune, déclare le Sagace, pincé, il ne faut pas juger les gens sur la mine et vous seriez surprise de constater, non seulement mon état de fraîcheur, mais encore ma promptitude à assouvir les penchants de nature.

— Alors je te fais un forfait, belle guenille bleue : deux cent cinquante pions pour un quart d'heure d'extase exotique, tu peux résister ?

— Si mon ami consent à me prêter la somme, foi de gentilhomme, je vous appartiens ! déclame le vieux tétrapode vertical, avec la fougue d'un d'Artagnan s'embroquant Maâme Bonacieux.

Car il est toujours raide comme barre, le dabuche, sa rombière tenant fermement les cordons de la bourse, en brave petite fourmi malade qu'elle est.

J'aligne trois bifs de cent à pépère.

— Madame te rendra la monnaie, espéré-je.

— Non, déclare loyalement la noirpiote, mais il aura le grand jeu !

Marché express, des plus inattendus. Le Fossile s'engage dans un hôtel Moshé Dayan (1) à la suite de la

(1) *San-Antonio n'a pas osé écrire « un hôtel borgne » car c'est un auteur extrêmement pudique, voire même ludique.*

L'Editeur.

sous-traitante et se met à gravir un roide escalier en attendant d'escalader ladite.

La chose simplement, d'elle-même, arriva. Pinaud, racolé, cède à la convoitise. L'escargot en hibernation sort de sa coquille. Et voilà la bêbête à César qui monte, qui monte, qui monte.

Il est revenu, le temps du muguet !

Peu soucieux d'attendre un quart d'heure devant ce dégorgeoir (1) à bipèdes, je poursuis mon chemin jusqu'à l'immeuble de la dame Chapoteur.

Le porche est accessible. Chez la concierge aux rideaux tirés, Alain Decaux raconte à la France l'attentat de l'Observatoire. Vais-je importuner cette brave pipelette au plus fort de la palpitante aventure ? Que non point car un panneau en carton révèle les noms des locataires et la position de leur appartement. Adrien Chapoteur occupait le troisième gauche de la maison avant de se retirer au premier sous-sol du Père-Lachaise.

Pas d'ascenseur ! Comme je n'ai pas le temps d'en faire aménager un, j'imite mon vieil ami Pinaud en bravant l'escadrin.

En quatorze fortes enjambées j'atteins le troisième niveau. Les Chapoteur avaient orné leur porte d'une ravissante plaque émaillée où leur magnifique blaze s'étale en biais et en anglaises bleues sur fond blanc, avec une pâquerette dans l'angle inférieur droit et un myosotis dans l'angle supérieur gauche.

Je sonne sans forfanterie, avec la sobriété d'un amant revenant sur les lieux de son coït pour tenter de récupérer son pantalon qu'il a oublié en partant. Tu vois ?

Nobody ne me répond. Je sonne à nouveau, en montant d'une octave. Le silence se nivelle tout de suite

(1) *Dégorgeoir : issue par laquelle un trop-plein se dégorge.*
ROBERT *(le petit).*

après. Alors, tout comme toi, je pressens du moche et fais appel à mon sésame. La serrure cède sans trop de chichis, malheureusement, y a une chaîne de sécurité sociale, à l'intérieur.

— Madame Chapoteur ! hélé-je, comme un Hellène ailé.

Tu veux que je te dise ? Tu le veux complètement en plein tout à fait ? T'es certain ? Tu regretteras pas ?

Alors, rien !

Sauvagement rien. Pas un bruit, pas un son, toute vie est éteinte.

Je reprends, mais en chantonnant pour faire plus enfant de mutin :

— Ohého ! Madame Chapoteueueurrrr !

Tu veux que je te redise ?

Zob !

N'écoutant que mon fourrage, je prends deux pas de recul.

En biai... ai...s, biais !

Sus !

Braoum ! Clinc, clinc, cloc !...

La chaîne de sûreté, pas si sûre que ça, a claqué et tintinnabule.

Comme tout ce qui est conventionnel, elle ne représentait que l'idée qu'on pouvait se faire d'elle. C'est cela, un rempart : une simple illusion réconfortante, mais il n'en est pas d'inexpugnable.

J'entre.

Suis-moi, n'aie pas peur.

L'appartement est vieillot, petit-petit-bourgeois, de bon thon comme disait une morue. Un vestibule formant entrée, des portes, dont l'une est double et vitrée avec des carreaux de couleur, façon cathédrale (Chartres sans Péguy). Je commence par celle-ci. Elle donne sur un living-salle-à-manger-salon-bibliothèque. Pièce assez vaste où sont rassemblés quelques gadgets de l'époque gallo-moderne : télévision, tourne-disque, téléphone, transistor.

Dans le coin télé, se trouve un canapé avachi. Mme Chapoteur y est étendue. Elle tient un pistolet dans sa main droite. Il manque une balle au chargeur et celle-ci se trouve dans le cerveau de Mme Chapoteur.

Sa tempe est toute roussie, du sang en a coulé, pas des masses, en un ruisselet qui s'est perdu dans les sables mouvants des coussins placés sous sa tête.

Je ne touche à rien. Je constate simplement qu'elle est farouchement morte. Aucune trace de lutte. La pauvre femme paraît détendue, comme presque tous les morts au bout d'un moment. Je m'approche de la table basse située devant le canapé. J'y trouve un verre à demi plein, une bouteille d'eau à demi vide, un tube de Valium contenant encore quelques gélules, une pointe achetée au baron Bic, un bloc de papier pour correspondance sans apparat sur la feuille du dessus duquel (1) je lis :

Monsieur le Commissaire,

Je n'ai pas le courage de vous attendre, je préfère en finir avec ma pauvre vie qui dérange. A quoi bon lutter quand on a tout perdu et qu'on se retrouve seule, seule, seule !

Georgette Chapoteur

Oh ! le lugubre message !

Que d'infinie détresse il exprime !

Je fais rapidos le tour de l'appartement, ce qui me permet de constater qu'il ne comporte pas d'autre issue et que toutes les fenêtres en sont closes. D'ailleurs, je ne

(1) *Comme l'écriraient vingt-huit académiciens que je connais.*
San-A.

doute pas qu'il s'agisse bel et bien d'un suicide. La position du corps, ce mot, la chaîne de la porte...

Qu'est-ce qui a motivé ce revirement chez la veuve ? Voici moins d'une heure, elle appelait au secours, et puis soudain, crac ! elle se tire une bastos dans le générateur à déconnance ! Je veux bien que nos chères compagnes sont d'humeur changeante, mais tout de même...

Je contemple la morte. Une petite bonne femme sans histoire apparemment, la quarante-cinquaine, des pattounes d'oie, des petits cheveux bruns plaqués en casque, pas beaucoup de formes...

Je voudrais bien percer son mystère. Je m'efforce. Elle sait des choses importantes à propos du hold-up. La tuerie l'a commotionnée. Au point qu'un passage à l'hosto lui est nécessaire. Elle en sort. On tente de la foutre sous le métro. Elle court se terrer à son domicile et m'appelle. Mais elle a les jetons, mets-toi à sa place, et puis non, ne la touche pas avant l'arrivée des copains de l'Identité ! Elle essaie de se calmer en gobant du Valium. De se rassurer en prenant le pétard de son mari dans un tiroir. Le Valium la détend, mais dans le mauvais sens. Ce faux calme qu'il procure, cette fugitive assurance permettent à Georgette de réaliser qu'elle se trouve dans une situation sans issue. Alors, pourquoi pas la mort tout de suite ? Gribouille se filait à la baille pour se soustraire à la pluie, elle, Georgette, se suicide pour ne pas risquer d'être assassinée. Logique ! C'est cela, craquer.

Je vais au téléphone pour « faire le nécessaire » ; en bon charognard.

Juste comme j'achève de passer mes instructions, Pinuche refait surface, radieux.

Sa tête dévastée surgit dans le vestibule. Il vient d'allumer une cigarette neuve, chose qui ne s'est pas produite depuis que la Régie des Tabacs a fait repeindre les vouatères du personnel. Son œil friponne, c'est celui d'un archange qui aurait caché l'auréole de ton ange gardien, le grand surmené.

Il sourit dans sa fumée lourde de bombardier touché par un obus de D.C.A.

— Je suis dans les temps ? roucoule le vieux ramier.

— Et moi, je suis dans l'étang, riposté-je. Viens un peu que je te présente à Mme Chapoteur.

La Giberne entre, cherche, avise et se découvre ; non parce qu'il voit notre hôtesse morte, mais parce qu'il la croit vivante.

— Mes hommages, madame.

Puis, à moi, sans davantage s'intéresser à la gisante :

— Antoine, permets-moi de te dire que jamais trois cents francs ne furent mieux employés. Je ne regrette pas de te les avoir empruntés. Ce fut... ineffable. Je ne me serais pas attendu à une telle conscience professionnelle chez une dame de ce métier. Je vis un rêve. Quelle science ! Quelle fougue ! Quelle capacité ! Un don ! As-tu déjà rencontré, Antoine, au cours de ta vie amoureuse, et j'espère que madame, ici présente, voudra bien excuser ma liberté de langage, n'est-ce pas, chère madame ? As-tu rencontré des filles dont le sexe soit préhensile ? Pardonnez mon audace de langage, madame, je suis sous l'effet d'un enthousiasme qui me porte à appeler un chat... un sexe, mais je viens de traverser le plus fabuleux quart d'heure de mon existence.

Puis, s'adressant délibérément à la morte, toujours sans s'apercevoir qu'elle est morte, il déclare :

— Je ne me doutais certes pas que cette journée, banale au demeurant, s'achèverait en apothéose. Que toutes les valeurs ayant jalonné ma vie seraient remises en question. J'aime la grande musique, madame ; j'aime le vin blanc, la France, ma femme et je crois en Dieu le Père tout-puissant, créateur et souverain maître de toute chose, mais soudain, tout devient improbable. Les colonnes du temple vacillent, madame. Je suis sous l'empire de la passion la plus violente, sous l'emprise des sens. En plein crépuscule ! A l'heure mélancolique où l'ombre s'étend sur mon existence d'honnête homme ! Jugez de mon désarroi et de mon émerveillement. Je croyais mon destin en déclin, madame. Je considérais sans amertume mais sans plaisir la ligne droite qui me conduisait au trépas. Je n'attendais rien d'autre que ces modestes joies qui ponctuent l'insipide journée de bouffées de chaleur. Déguster quelques muscadets, rallumer mon mégot, ne pas prendre de bain, ne pas me raser, m'envelopper de mon cache-nez, lire l'article de fond d'*Ici-Paris* suffisaient à me donner l'impulsion ; cela constituait ma force centripète. Un dîner, comme celui de ce soir chez mon excellent, mon tendre San-Antonio, était l'événement du mois, voire du semestre. La messe de minuit représentait le point culminant de l'année. Et tout à coup, le tonnerre, madame ! Le cyclone ! Un typhon phon phon, les petits maris honnêtes ! Youpi ! J'ai profondément joui, madame, permettez-moi de vous le dire bien que je n'eusse pas l'honneur de vous connaître, et vous pourrez le répéter autour de vous car il convient de donner à un fait exceptionnel l'éclat qu'il mérite. J'ai joui comme cent tigres ! Et ma partenaire plus encore, bien qu'étant fille de joie, donc familiarisée avec la copulation sous toutes ses formes et avec les mâles les plus diversifiés. Nous connûmes simultanément l'orgasme dans un double cri qui dut s'entendre dans tout l'hôtel sur la façade duquel il faudrait ériger une plaque commémorative si l'on avait vraiment le culte du cul dans ce pays. Cela dit, vous ne me refuserez pas, je l'espère, un petit verre d'alcool, n'est-ce pas, chère madame ? Pardon ? Je vous remercie. Où cela ? Dans la desserte, dites-vous ? Ne vous dérangez pas, je trouverai.

Et il trouve en effet. Béni soit-il !

Une bouteille de Chartreuse verte s'offre à lui. Il s'en sert un verre à eau ras bord, l'écluse à longs traits de génie. Puis s'assoit devant la table et s'endort, repu de plaisir, d'alcool et de reconnaissance envers la Providence pas bêcheuse.

Je considère tendrement sa petite silhouette de vieil échassier déplumé, croupi dans un zoo merdique. Un héros sans long bec venant de tirer un bon coup ! Dors, mon Pinaud joli. Déguste ta félicité. *Fast-foot.* Je t'aime.

Mais la cuisante réalité est là qui me trottine sur le bulbe comme des fourmis processionnaires.

Qui donc va me rancarder sur Georgette Chapoteur ? Qui va me raconter sa vie, son œuvre ? Le numismate ?

Je perçois un léger chuintement et je découvre que le poste de télé est toujours en marche. Il se trouve face à la morte, sur un pied unique qui lui permet de pivoter (ce qui est mieux pour visionner Bernard Pivot, moi je trouve).

Tu le connais, Sana, mon pote ? Et toi également, gentille potesse ? Tu les sais, ses idées « *vous avez dit bizarre ?* » qui lui sautent au paf de temps à autre, dans les cas graves qu'on fait appel à lui ?

Je pense très zézactement ceci : « La petite mère Chapoteur visionnait la télé en m'attendant. Elle avait son Valium pour le moral, son pétard pour la sécurité, la perspective de ma visite pour assurer sa protection future, tout bien, hmm ? Il suffisait que le temps s'écoule, pas beaucoup, car je lui avais promis de faire fissa. Alors, pour le tromper, cette gentille dame matait la télévision.

Je m'approche du poste et constate qu'il est programmé sur la troisième chaîne.

Les émissions s'achèvent plus tôt sur cette dernière. M'est avis que la Georgette a regardé « Soir 3 ». Alors moi, Santonio qu'on a surnommé le Bien-Aimé, comme Louis XV, je me livre pieds et poings liés à la déconnance ci-jointe : « A ce dernier journal, on a parlé de l'affaire de la rue de Richelieu (trois « de » dans une même phrase, je te me fais pas mes compliments pour un écrivain de ma trempe, mais ce sont les frais généraux qui me contraignent à gazer). Je sens que nos — amis — journalistes, comme disent les politicards, ont passé un maxi de renseignements, documents, naninanère. Je te parie ma couille droite (ma préférée) contre la Bourse du Travail, qu'un détail a télescopé la veuvasse. Oui, voilà : il y a eu un élément qu'elle s'est morflé plein cadre. Oh ! que je sens bien la chose ! Oh ! que je devine ! Oui, cette malheureuse femme, désorientée, traquée, reçoit dans l'œil la goutte qui fait déborder le vase. Un machin qui achève de lui flinguer le mental. Elle s'aperçoit que tout est cuit, râpé, fini. Qu'elle n'a plus rien à quoi se raccrocher. Alors c'est le grand flou, le désespoir infini, et poum !

L'arrivée de mes copains réveille l'épave pinulcienne. Mon compagnon glapatouille des salutations auxquelles onc ne prend garde, car on sait bien que César en a souvent un coup dans les galoches, le soir surtout.

C'est le bouzigage habituel. Flashes, empreintes, récupérations en tout genre. L'effervescence de mes vaillants auxiliaires me gagne et je décide d'inventorier un peu les lieux avant de me rentrer *at home* (comme disait le duc de Savoie). Jusque-là, fidèle à mes habitudes, je me suis contenté de m'imprégner, de gamberger. Mais maintenant il s'agit d'aller plus loin avec Georgette Chapoteur. Qui était son vieux ? Que recevait-elle comme courrier ? Je commence par fourrer son fichier téléphonique dans ma poche pour l'étudier à tête reposée, ou à bras raccourcis, ou à bouche-que-veux-tu, au choix, mais décide-toi vite, j'ai un acheteur pour le reste.

Dans la chambre, je me consacre à un vieux secrétaire de noyer à dessus de marbre noir. J'y déniche beaucoup de lettres, de factures, de photos ; réparties, soit dans de grandes enveloppes jaunes, soit en petits paquets attachés avec des rubans.

Je fourre l'ensemble dans un sac de voyage déniché dans l'armoire. Voilà du turbin pour Mathias, mon rouquin à tout faire.

La suite de mon exploration ne me livre plus rien d'intéressant.

Je passe récupérer Pinaud.

— Tu y es, Casanova ?

La Vieillasse se dresse laborieusement car elle s'est entiflé un deuxième verre à eau de Chartreuse. Elle laisse choir son mégot, entend le ramasser, et son chapeau tombe de sa pauvre tronche. Pinoche lui court après, s'en saisit, veut se relever, mais il a mis un pied sur l'extrémité traînante de son cache-nez et il bascule sur son cul, humble poire blette terrassée par la bise.

— Dites donc, commissaire, y a du vent dans les branches de sassafras, on dirait ? ricane un collègue peu généreux.

J'entraîne Baderne-Baderne, mais il m'échappe avant la porte.

— Tu permets que je prenne... heug... congé de notre aimable... heug... hôtesse ?

Il va, en titubant mou jusqu'au canapé, s'incline devant le corps et susurre :

— Votre Délicieuse était vraiment chartreuse, chère Maâme.

Il cueille la main de la morte pour un baisemain ; un début de rigidité paralyse la mondanité. Pinaud me déclare, dans le couloir :

— Charmante femme, mais un peu bêcheuse...

Je le soutiens dans l'escalier. La fraîcheur nocturne ragaillardit mon camarade.

C'est au moment où nous allons prendre place dans ma tire qu'une galopade suspend mon vol (comme l'O.T.A.N.). C'est la grosse prostipute noire qui nous fonce contre.

Elle est en chaudes larmes. Une vraie mousson !

— César, sanglote-t-elle, ne pars pas sans me laisser ton téléphone ! Tu me promets de revenir demain, dis, grande brute ? Tu te souviendras comme c'est bon, nous deux, mon beau Tarzan ? Tiens, prends ! J'ai oublié de te rendre tes trois cents piastres ! Et puis en voilà encore cinq cents pour t'acheter une bricole en souvenir de ta Pelagre Mamahoula J'sutombé. Reviens vite, mon Brutus. Tu verras comme on se la donnera belle ! Je larguerai mon julot, pour ta chère gueule. Je serais ta petite femme, rien qu'à toi, ta gagneuse, ton tapin d'amour ! Mais qu'as-tu fait, toi que voilà, dis, qu'as-tu fait pour m'ensorceler de la sorte ? Tu vas me le dire, bite en bronze ? Comment t'y es-tu pris pour faire de moi ta chose en deux coups les gros ?

Le père Pinaud répond loyalement qu'il ne sait pas, et se met à pisser dans son froc.

Fin de la première journée

DEUXIEME JOURNEE, pas piquée des vers, et encore plus attrayante que la première, me semble-t-il, mais je peux me gourer, tu sais comme je déraille ?

Un gai soleil pénètre en l'épaisseur des bois
Toute chose étincelle, et la verte rosée
Et les nids palpitants s'éveillent à la fois.

Plus Sana puisqu'il se récite, en chien de sa chienne de fusil, ce délicat pouème appris il y a lulure sur les bancs de la communale.

Le canari que j'ai acheté à Toinet pour son annif piaille à gorge d'employé, comme dit Béru.

Très vite, je reprends conscience et les événements de la veille se développent dans mon esprit à une allure supersonique.

L'image qui s'est plantée dans ma caberle, c'est celle du flingueur de poulets, lâchant prise et disparaissant dans les entrailles de la rue de Richelieu. Je me repasse inlassablement le bout de scène. Je revois le visage sanglant, ces pauvres doigts mutilés par le zinc tranchant, cette lourde plongée...

Ma pendulette Cartier (un cadeau d'une délicate femme de dentiste, à laquelle tu aurais donné le bon pieu sans concession, et qui taillait des pipes dans la masse) indique *ten to eight*, ce qui, en chiffres romains, signifie huit heures moins dix.

Je bâille un grand coup et passe à la salle de bains pour une première mise au point. Ça fourmille sous mon couvercle, ça s'emballe. Dix, vingt, cent projets immédiats me tarabustent le circuit. Par quoi commencer ?

M'man, toujours à l'affût, m'a entendu me lever et vient me demander à travers la lourde si je veux mon caoua tout de suite ou bien après ma toilette.

— Illico, ma chérie, réponds-je.

— Je te le monte ou tu le prends en bas ?

Le ton est neutre, mais je sais qu'elle espère me voir descendre. Prendre le café dans la cuisine, ça veut dire lui accorder un moment de tendresse à ma Féloche. Elle va amener une tasse pour elle au bout d'un instant, s'adosser au bloc évier et touiller le jus en m'écoutant.

— En bas, m'man.

— J'ai des croissants chauds que Maria a amenés.

— C'est pas raisonnable, j'avais décidé de faire un régime ; je commence à prendre un peu de bureau.

Elle proteste.

— Un régime ! Toi ! Mais tu es plat comme ma planche à repasser.

Ah ! les yeux d'une mère !

— Envoie l'Espagne acheter le journal, ma douce.

— Lequel ?

— Peu importe, c'est pour lire où en est mon enquête !

Elle rit, croyant à une boutade, et cependant c'est vachetement textuel ce que j'avance. De nos jours, les journalistes sont devenus de véritables enquêteurs et il leur arrive d'apprendre des trucs sur certaines affaires que la police ignore.

Je mets en route mon transistor. A Europe, dix connards sont aux prises pour trouver le prix d'une douzaine de fourchettes en argent plaqué acier, style Louis XV (1710-1774). L'auditeur n° 6 suggère mille quatre cent dix francs, les copains d'Europe révèlent que c'est plus, alors le n° 7 pense que ça doit valoir neuf cent trente-trois francs, tant tellement qu'ils sont glandus, ces pauvres connards, coureurs de lots, joueurs de tiercé ou loto, qui comptent sur la chance pour les sortir de la merde dans laquelle ils se confondent, composant un camaïeu impec. La Loterie est aussi indispensable à leur existence que la perspective de la belle à un prisonnier.

Après ces navrants et leurs rêves éculés, Jean Boissonat vient donner des nouvelles (alarmistes) d'un grand malade, tellement anémié que, bientôt, la différence qu'il y aura entre un franc et un dollar, ce sera un dollar ; mais peu importe, on se barrera du serpent et on troquera. Ma pomme, pour me prendre en exemple, j'échangerai un paragraphe de mes polars contre deux rouleaux de papier hygiénique, l'un et l'autre de ces produits impliquant une complémentarité.

Une page : un kilo de bœuf dans la culotte.

Un chapitre : ma location du trimestre ! Tout un book : un cyclomoteur. Les œuvres complètes : une bibliothèque pour les ranger. Oui, mais comme je ne les aurai plus...

Allez, gars, c'est pas le moment de faire du Devos.

Suivent les actualités. Bon, la routine : ceci, cela, budget (chef-lieu Belley), politique agricole, voyage du président au Zimlaboum, enfin l'affaire de la rue de Richelieu. L'assassin tombé du toit a été identifié (je suis heureux de l'apprendre, comme quoi faut pas se priver de radio), il s'agit d'un certain Francis Télémard inconnu jusqu'à hier des services de police. Sa binette a passé hier soir aux actualités télévisées et son père l'a aussitôt reconnu. M. Télémard père dirige une chaîne de restaurants à prix modérés intitulée *Super Bouffe*. Il a divorcé d'avec la mère de Francis voici une quinzaine d'années et voyait de moins en moins son fils. On ignore ce qui a pris à ce garçon de jouer les Mesrine, brusquement. Il travaillait dans la publicité ; n'y faisait pas d'étincelles, mais, hein, qui donc en fait de nos jours ? Réponds ! Allez, vas-y, j' t'écoute...

Ces informations me vexent un tantisoit, car je

déplore de les obtenir par d'autres voies que les nôtres qui pourtant ne sont pas urinaires, néanmoins (ou néanplus pour changer un peu) elles abaissent le pont-levis qui me permettra de pénétrer dans le château fort de la vérité. Cette superbe image n'est pas de moi, je l'ai trouvée dans le livre d'un membre de l'Institut et adoptée aussitôt puisqu'elle ne servait à rien.

Enfin, je vais plonger dans l'univers familier de ce mec.

Dans le poste, ils se mettent à causer du Tournoi de Pénis de j'sais plus où ; mais y aura Duconor (dit Lajoie), Dominique Noix et tout le gratin dauphinois international qui sévit sur femme ou terre battue.

Je coupe et, à loilpé, cavale au palier.

— M'man ! Apporte-moi le café ici et amène ta tasse : je suis pressé !

La môme Maria, une Ibérique plus brune qu'un verre de Guinness et plus moustachue, cul de jument, regard de braise, odeur subtile de salle d'entraînement de boxe, se la radine avec le *Parisien Libéré,* au bout de la rue. Je file un coup de patin pour piquer le baveux. La soubrette me virgule un délicat sourire, rajuste sa coiffure brillantinée à l'huile d'olives et m'annonce qu'il fait soleil, détail qu'en toute franchise de port je n'avais pas remarqué tellement est vive ma tension professionnelle.

Je chatouille le champignon et ne tarde pas à débouler sur le périphérique. Là, un encombrement m'oblige à stopper. Je mets mon stop à profit (et perte) pour ligoter le canard. A la Une, bien sûr, le portrait de Francis, rabiboché par les soins de nos services compétents. Le quotidien ayant été imprimé dans la nuit ne précise pas l'identité de l'homme ; au contraire, il encourage ceux qui le connaissent à la révéler.

Mon regard erre sur le texte. Rien de nouveau. Je sais

tout ça. Et puis l'œil de lynx du Sana se pose un peu plus bas. Photo d'une bagnole en miettes. Le titre : *Incroyable ! La femme de l'officier de police est sortie vivante de cette épave.* En médaillon, la photo hagarde et tuméfiée de la mère Pinaud ! Mon sang ne fait qu'un tour, mais bien !

La chérie s'est plantée hier en rentrant de chez nous ! Elle s'est enquillée sous un camion belge ! Commotion cérébrale, les deux jambes brisées, d'autres moindres bricoles !

La voie redevient libre. Je décide de bomber jusqu'à la maison Poupoule avant d'aller chez Pinaud pour assister l'exquis bonhomme en ces heures cruelles.

C'est l'effervescence des grands jours chez les bonshommes-pébroques. Je prends mon air le plus affairé et me félicite de ne pas m'être rasé. En dénouant ma cravate, je parviens à prendre l'aspect du flic d'élite qui a passé la nuit sur le tas.

Je réponds à peine aux saluts et me jette sur les notes et rapports qui se sont accumoncelés sur mon bureau.

Dans la maison Bourremen, il n'est question que de l'accident de la mère Pinaud. Certains confrères bien intentionnés se sont déjà rendus à l'hosto pour prendre des nouvelles, mais la pauvre agonisante endémique était au replâtrage, donc invisible. Et tu veux dire quoi à quelqu'un qui est dans la semoule, avec des drains partout et une frime de sorcière dont le manche à balai a voulu foirer ses réacteurs ? Plus inquiétant : mes chosefrères essaient en vain d'atteindre Pinuchet pour « voir ce qu'on peut faire ». Son bigophone ne répond pas. Comme il n'est pas non plus à l'hôpital, on se perd en conjectures variées.

Moi, tu me connais ? La paperasserie, je ne suis pas champion. Un rapport, dès le second feuillet, je bâille, au troisième je dodeline, au quatrième je le fous en l'air. J'opère pourtant un survol de ces différents documents, n'en conservant que l'essentiel, à savoir : l'adresse de

Francis Télémard, ou du moins celle de sa mère, l'adresse de son employeur, celle de son papa.

Ayant griffonné ces renseignements élémentaires, j'appelle Mathias, auquel j'ai confié dans la nuit, avant que de regagner mon gîte, les paquets de lettres trouvés chez Georgette Chapoteur.

Le miraculé (il l'est, car on ne peut trimbaler une telle rousseur sans prendre feu) se pointe, un parchemin à la main. Il a la marotte, ses rapports, de ne jamais les rédiger sur des feuillets différents, mais sur des espèces de rouleaux de papier qu'il coupe à la fin de son travail et qui, parfois, atteignent quatre mètres cinquante de long.

Les tables de la loi ! Cette fois, le papelard ne mesure guère qu'une soixantaine de centimètres. Il l'a roulé menu, ce qui est chiassant à lire car il se rembobine au fur et à mesure que tu tentes de le développer. Déposant sa baguette magique devant moi, il me sourit, non sans fierté.

— J'ai passé ma nuit à tout dépouiller, commissaire.

— Bravo.

— Vous trouverez ici (il désigne la baguette magique blanche) l'essentiel de ce que j'ai découvert.

— Sois gentil, mon vieux Feu-de-Brousse, donne-moi l'essentiel de l'essentiel verbalement ; le temps que je détortille cette papillote, j'aurai atteint l'âge de la retraite et il y aura prescription.

Il gravit (du verbe devenir grave). Tout ce turf pour des clous ! Je suis un supérieur débectant. Décevoir les bonnes volontés est une espèce de crime. Faisant contre mauvaise machine bon chose, Mathias récite :

— Cette dame Chapoteur a vécu un drame pendant des années. Son époux la trompait avec une jeune femme dont tout ce que j'ai pu apprendre, c'est qu'elle s'appelait Evelyne B. Il semblerait que cette liaison ait terriblement perturbé sa vie. Mme Chapoteur avait pour confidente une ancienne amie de pension, Mme Alberte

Duhoux, demeurant 9 chemin des Mésanges, à Annemasse, Haute-Savoie. Les deux femmes ont échangé, des années durant, une correspondance assidue. Le courrier de Mme Duhoux nous permet de suivre cette liaison dans toutes ses péripéties : ruptures, rabibochages, interventions fracassantes de l'épouse, demandes de divorce, annulations desdites, bref tout l'aspect orageux de ces sortes de drames matrimoniaux. Une constante dans tout cela : il semble que Georgette Chapoteur n'ait jamais envisagé la perspective de perdre définitivement son époux, pas plus d'ailleurs que d'accepter sa liaison. Elle s'est battue farouchement. Plus le temps passait, plus elle devenait ardente, combative, presque haineuse. Evidemment, ce ne sont là que suppositions puisque je n'ai, et pour cause, pu prendre connaissance des lettres qu'elle adressait à son amie ; toutefois on en trouve le reflet dans les réponses que lui faisait cette dernière. La dernière missive de Mme Duhoux est une exhortation au calme. « Ne te lance pas dans une telle aventure, lui écrit-elle, tu n'es pas de taille. » J'ai eu beau lire et relire les ultimes lettres, je n'ai pu me faire la moindre idée sur « l'aventure » dont il était question.

— L'adresse de cette Evelyne B. ?

— Elle habitait Paris, ai-je cru comprendre, déclare le Rouquemoute.

— De quand date la dernière lettre de la dame d'Annemasse ?

— D'une quinzaine. Mais elle lui a adressé un long télégramme à l'occasion de la mort de son mari.

— Et il est mort de quoi, cet homme, au fait ?

— Il a passé sous le métro, répond paisiblement mon Drapeau soviétique.

Je croasse et coasse car il y a de quoasse.

— Qu'est-ce que tu dis ?

— Je vous gardais ça pour la bonne bouche, commissaire. Il a été bousculé à la station Charonne par un individu qui a pris la fuite.

— Son signalement ?

L'Incendié s'apprête à me répondre, mais je lui siphonne la bouche à feu.

— Ne dis rien ! Un type jeune, avec une moustache, des lunettes noires et un bonnet de laine ?

Là, je le cloue, Mathias. Pas désagréable de produire son effet au bon moment.

— Vous savez déjà ?

— Oui, mon vieux lapin russe : je sais déjà.

Il opine, content de moi.

— Tu as fait du bon travail, assuré-je, je lirai ton rapport à tête reposée.

Mathias a un sourire désenchanté :

— Vous n'êtes jamais « à tête reposée », commissaire. Vous êtes un orage magnétique !

J'ajoute l'adresse de Mme Alberte Duhoux aux précédentes. Voilà Lupin sur la planche ! De quoi se promener dans l'hexagone !

La porte fracasse et le Mammouth directorial surgit, obstruant toute l'ouverture, copieux, luisant, tragique. Il arbore un nouveau costar. Blanc. A cause du soleil, je gage ? Chemise noire, cravate jaune, il a l'air d'un joueur de mambo sud-américain.

— Ah bon, t'es là, mec ! T'es là ! dégorge-t-il d'un ton soulagé.

Je note son retour au tutoiement. Aurait-il été viré à la suite de la visite présidentielle de la veille ? Revenu dans le rang, il retrouverait ainsi la fraternité d'antan...

Il fait signe à Mathias de nous laisser et le Van Gogh s'esbigne, plongeant de ce fait mon burlingue dans la pénombre.

— Tu as appris la nouvelle, mec ?

— J'en ai appris plusieurs.

— Celle dont ça concerne la mère Pinaud ?

— Oui, je suis consterné.

— T' sais qu' la Pine est introuvevable ? C't'homme, tu veux qu' j'vais te dire, Sana ? Il aura pas pu résister au choc. Sa mémé, c' tait toute sa vie. Y s'caillait tout l' temps la laitance à son sujet de laquelle. Y l'était aux p'tits b'soins pour elle. Et ses tisanes ceci, et ses médicaments cela. Y s'faisait un cent d'encre, et même plusieurs centaines. Paraît que l' commissérériat d'Boulogne lu a appris la nouvelle au mitant d' la noye, en lui d'mandant comme quoi il faut qu'il va voir sa mégère. Il a simplement raccroché, et d'puis, finito ; tu veux parier qu'il est été se filer à la Seine, le pauvre biquet ? Y nage comme une serrure d'église ! J'ai foutu toute la volière su' sa chaude pisse, qu'on susse, au moins, bordel à cul ! Qu'on susse !

Des larmes inondent son cher visage de grand chérubin rose (foncé).

Ah ! pleure, noble taureau ! Verse les larmes de la douleur sur l'autel de l'amitié ! J'aime cette soudaine abdication ! Je te suis reconnaissant d'avoir remisé les oripeaux de ta gloire pour te parer d'une armure de tendresse, ainsi que l'écrit Jean-François Revel dans son livre. Viens sur mon cœur, belle âme ! Viens chauffer de ta tendresse ce froid sépulcral dont me paralyse la vérolerie des hommes.

M. le directeur reprend dans des hoquets, et ce qu'il profère ressemble à une tyrolienne chantée par un montagnard des Grisons sur une piste du Hoggar :

— Penser qu'il se sera buté à cause d' c'te carne d' mère Pinaud ! Une bonne femme qu'aura passé sa vie à geindre et à vageindre, à se tartiner de pommades, à se nourrir de granulés. Toujours en souci pour c' te vieille chaussette ! Ah ! le gentil César, si inoffenseur, si doux, toujours le mot gentil ; tu te rappelles la manière qu'y s'tenait en biais, d'vant les comptoirs, l'coude gauche prenant appuille, son clope su' l' côté ; le sourire célestin qui lu r'montait jusque z'aux châsses ! Moi, j' vais t'dire, Sana, c't'homme, j'veux qu'il aura des funérailles nationales. Y mérite. J'en caus'rai au président dont, comme t'auras pu l' contester, j'sus à vous et à soi av'c lui. On l' cloquera dans un' boîte à dominos d'acajou, la Pine. Capitonnée d' tous les bords. Av'c des poignées en argent mastif. J' f'rai placer une boutanche de muscadet à l'intérieur, en hommage. Tu voudrais offrir des couronnes à Pinaud, toi ?

Son averse redouble.

— Voyons, Gros, le secoué-je. Tu déraillles, mon pote, la mère Pinaud n'est pas clamsée, pourquoi veux-tu que son bonhomme se mette en l'air, avant même d'avoir constaté son état ? Elle s'est cassé deux ou trois jambes, ça arrive à des tas de gens. Pour une fois qu'elle a un vrai turbin, c'est presque l'aubaine pour cette malade imaginaire !

— Alors où qu'il est, César ! Où qu'il est, gars ?

Je pose ma main comme un bandeau de fusillé devant mes yeux. La pénombre qui en résulte est propice à la cogitation intérieure. Ma méditation dure. Bérurier la respecte, devinant bien, le bon sagace, qu'il en sortira quelque chose de positif.

— Tu as une petite plombette à m'accorder, m'sieur l'dirluche ?

Béru, d'un geste grave et arrondi, hisse une montre-bracelet que je lui ignorais, jusqu'à sa prunelle couleur de rubis.

— Minuit dix, fait-il, ça peut pas être ça ?

— Non, conviens-je, ça ne peut pas.

Il secoue son poignet.

— Ces tocantes digitalines, j' saurai jamais les régler. Pourtant j'ai acheté celle-ci à Monoprix Uniprix...

— Il est neuf heures vingt, tranché-je.

Sa Majesté cramponne mon biniou et compose son numéro intérieur.

— J'vais d'mander à mon escrétaire qu'elle mate mon emploi du temps, explique-t-il. Allô ! Ninette ? C'est ton gros canard bleu qui cause. Mets tes besicles, ma grande, et mate su' mon agenda ce dont j'ai comme rancards, ce morninge. Remue-toi l' prose, la mère, c'est l' coup de feu !... Allô ! j'ouïs ? A dix plombes, l'Premier miniss ? Merde ! Ecoute, Belles Miches, t'y f'ras prendre patience biscotte j'aurai du retard. Propose-z'y une assiette anglaise et une bouteille de chablis en m'attendant. S'il s'rait d'humeur, tu peux même y tailler un' p'tite pipe affectueuse, j'sus pas sectaire. J' compte su' ton doigté, ma gosse.

Il raccroche.

— Allons-y ! me dit-il. C'te Ninette, elle a de l'entrejambe, on peut lu faire confiance.

Le bar est vide. Un loufiat fourbit le percolateur. La radio diffuse pleine gomme.

En nous voyant entrer, le Mastar et moi, Mister la Verse renifle car il nous a retapissés plein écran. On pue la poulaille et j'en ai conscience.

J'éprouve le besoin d'y aller carrément, sans fioritures.

— Police !

— D'accord ! fait le gazier en souriant.

— Je cherche une pute !

— Attendez, elles vont bientôt rabattre.

— Celle qu'il me faut est noire, baraquée comme Cassius Clay. Elle travaille en tutu, avec un fouet à la main, vous voyez de qui je parle ?

— Pélagie ?

— Peut-être, je n'ai pas encore eu l'honneur de lui être présenté. Je veux savoir où elle crèche.

Le garçon s'interrompt de peaudechamoiser pour me filer une regardée goguenarde.

— Dites, je ne m'occupe pas de la vie privée de ces dames ; je leur sers un café ou un Ricard ; point à la ligne !

Je hoche la tête.

— Vous ne m'avez pas compris, Albert : je veux simplement savoir où loge la grande noirpiote ; je vous demande pas de m'écrire une thèse sur la prostitution dans ce quartier.

On se connaît mal soi-même, cependant il y a des moments où je sens que mon regard ne doit pas être commode. L'impatience me met des flammes douteuses dans les falots ; et là, je te parie ma première branlette contre le dernier coït de Donald Reagan que le cas se présente.

L'homme au gilet noir ergote :

— Vous savez, les filles logent dans les studios meublés, en principe.

— Les filles, je m'en fous : c'est Pélagie qui m'intéresse. Je dois te dire, pour calmer tes scrupules, que je n'ai absolument rien à lui reprocher ; j'agis à titre purement privé.

— Au 16, répond l'autre d'assez mauvaise grâce ; troisième étage.

Le fracas d'une chaise pulvérisée troue la louche torpeur de l'immeuble.

Un organe grêle glapit :

— Non, mais faudrait voir à voir qu'on voye ! Y a les choses qu'on tolère, y a les choses qu'on tolère pas !

Cette pensée philosophique reste sans réponse. Qu'objecterait-on à une évidence aussi solidement établie ?

Le poseur de sentences brise de la faïence.

— Y a ramadan, non ? demande M. le directeur.

Son poing d'ancien chourineur martèle (Charles) la porte peinte en vert épinard. Un silence succède. Recigognance de Mister Mammouth.

La voix de fausset demande :

— Qu'est-ce que c'est ?

— Ouvrez, police ! répond le Dodu en soufflant sur les huit phalanges qu'il vient de surmener.

Un glissement feutré, la lourde s'écarte ; un visage de

fouine inrasée se montre ; celui d'un petit homme rageur, chauve, au nez pointu, à l'œil couleur d'anthracite.

— Vous désirez ?

En guise de réponse, Béru refoule l'avorton. Nous entrons délibérément dans un vaste studio meublé faut voir comme, truffé de fanfreluches et d'œuvres d'art de bazar. Pélagie s'y tient, les bras croisés, superbe dans sa culotte rose et son soutien-gorge affriolant. Sa peau sombre miroite dans la mauvaise lumière. Son regard révèle une totale illumination intérieure, comme en ont les saintes sur leurs portraits italiens.

Au fond de la pièce, dans un divan-lit qui pue le stupre, le parfum en bonbonne, l'amour mené à bien, le patchouli, le piment rouge, la sueur de docker flamand et la proximité des doubles vécés, nous avons le rare bonheur de découvrir César Pinaud.

L'homme est en tricots de corps (il en porte quatre superposés), coiffé de son chapeau, sa cigarette Boyard papier maïs en bec.

Il considère ce qui l'entoure avec un détachement dont on sent parfaitement qu'il n'est pas feint.

— Je le savais, dis-je simplement.

Bérurier pousse un hennissement, suivi d'un feulement, puis d'un rugissement auquel succède une série de barrissements faisant songer à la bande du film *le Livre de la jungle.* Il marche au divan, s'y abat, prend Pinuche dans ses bras et se met à sangloter derechef.

— Mais, monsieur le directeur ! Que vous arrive-t-il ? balbutie le Désaffecté.

— Si tu savais ! J' t'ai cru perdu ! brame l'Enflure.

Et, à travers sa peine rétrospective, il raconte au Composté ce que furent ses affres.

Pinaud écoute avec surprise.

— Moi, me suicider simplement parce que cette bourrique galeuse ne sait pas conduire ! s'exclame notre ami. Vous avez vraiment des idées déconcertantes, monsieur le directeur !

— Mais tu ne t'étais pas précipité à son chevet objecté-je, la sachant gravement blessée ?

Pinaud hoche la tête.

— Je lui enverrai des fleurs, dit-il. Mais l'occasion est trop belle, mes amis ; c'est décidé, je refais ma vie avec ma chère Pélagie ici présente, malgré les gesticulations et glapissements de ce méprisable petit bonhomme que vous seriez aimable de me foutre dehors, monsieur le directeur, non sans lui avoir précisé qui vous êtes. Cette sous-crapule se plaît à jouer les terreurs, alléguant que Pélagie lui appartient ! A notre époque ! Risible, non ?

— Je vais te faire voir si c'est risible, bougre de vieux kroum ! bondit le barbiquet.

Bérurier soupire :

— Tu permets qu' je fouillasse dans tes vagues, César ?

Il avance sa main vers les hardes miteuses de Pinaud, posées sur une chaise, y trouve ce qu'il cherche, à savoir les menottes réglementaires de notre pote.

D'un geste preste, il les passe aux poignets du petit crevard. Ses hautes fonctions ne lui ont rien fait perdre de sa dextérité.

— Je t'arrête pour flagrant du lit, mon pote : insultes à officier de police, proxémisme, port d'arme...

— Port d'arme ! J'ai pas même un cure-dent sur moi ! proteste l'avorton.

Béru plonge à nouveau dans le falzingue de Pinuche et en extrait son feu. Il s'approche du barbe et l'enquille dans sa poche... revolver.

— Ah moui ? Et ça, mon petit ami, c'est quoi t'est-ce ? Une pince à épiler, p't'être ? J' te vois dans d' mauvais draps, si tu voudras mon avis. J'sus sûr qu' j' te fais tomber pour trafic de came, en suce. Et p't'ête bien pour attaque à main armée, du temps qu'on y est. Hein, commissaire ?

Le freluquet, anéanti, se laisse choir sur un siège.

— Mais, bon Dieu, qu'est-ce que je vous ai fait ?

M. le directeur lâche un pet très sec, autoritaire comme un coup de semonce.

— Je tolère pas qu'on fasse des giries à m'sieur l'officier d'police César Pinaud, ici présent. S'il voudra refaire sa vie av'c ta gagneuse, tu t'écrases, boug' de pâle troquet ! Si m'sieur Pinaud a l'démon du troisième âge qui lui turlute des claouis, c'est son problème. Qu'il veuillasse s'embourber une noirpiote, c'est ses oignons ; tiens, j't'emballe aussi pour racisse : traite des Noires, tu vas piger ta douleur par les temps qui courent. Flanquer au tapin la fille d'un grand chef d'attribut v'nue faire sa métrite de couscous à Paris, faut oser !

Pour se libérer les nerfs, il balance une tatouille dans la gueule du petit faisandé.

Ensuite, il se tourne vers Pinaud.

— César, lui dit-il, je tiens à te dire que j'respèque ta décision. Arriver dans la ligne droite du Père-Lachaise et décider d' remett' l' compteur à zéro, chapeau ! Ta vieille perruche, tu vois, c't'un bonheur qu'elle s' soye fraisée dans c' camion ; même si ton av'nir est pas plus grand qu'un timb' poste, tu dois l'consacrer à ton bonheur.

Il va à Pélagie, l'embrasse sur les deux joues en lui tenant les seins, ce qui est une grande marque de sympathie de la part d'un directeur de la police.

— Môme, j' te le confille. M'l'surmène pas de trop car il arrive à un âge que ses artères, c'est pas en soufflant d'dans qu'tu les déboucheras ; mais j' le connais : c't'un intrépide du radada et y préfère avoir une strombolie plutôt qu' de pas t' grimper au septième siècle. Bon, vous m'escuserez, braves gens, mais l'Premier Minis fait l' pied d' gruau en m'attendant.

Et il part à la suite du freluquet qu'il a catapulté dans l'escadrin d'un seul coup de tatane dans les meules.

Sache une chose qui te permettra toujours d'affronter l'existence la tête et la bite hautes : dans un San-Antonio rien n'est gratuit, et surtout pas le bouquin lui-même, heureusement, sinon comment parviendrais-je à joindre les Dubout ? La scène la plus innocente en apparence en engendre une autre, déterminante. Parfois, comme t'es con, tu serais enclin à croire que je marne dans le folklore, juste pour dire. Ainsi pour ce qui vient de se dérouler, chez Pélagie la pute noire. Tu te dis comme ça : « Oui, l'Antonio voulait s'offrir la séance louftingue, décrire le Pinuche qui devient souteneur pendant que sa chaisière se fait recoller à l'hosto ; il croye que c'est drôle ; s'imagine que le Gros houspillant le barbiquet mécontent va faire marrer ; mais on n'en a rien à branler. Nous autres, y nous faut de l'action ; ses bavasses, merci beaucoup, qu'il se les garde ! Quand on paie un book ce prix-là, forcé de puiser dans ses éconocroques Ecureuil, vu la dureté des temps, on veut du suce-pince, et pas du mince ! Un rythme endiablé, des coups de théâtre à chier partout ! » Hein que tu te dis tout ça, Bazu ?

T'as le droit : c'est ta pomme, le clille. Note que le monde dérape ; ça commence à plus rien vouloir dire, de payer. Maintenant, l'argent a une odeur. Çui qui en a fait froncer les narines de tout le monde, comme un qui vient de larguer une louise au cinoche. On renifle, on chuchote : « Mais ça pue le pognon, ici, ma parole ! Y a un malotrou qui s'est oublié : il a de l'artiche dans ses fouilles ! » On s'entre-examine, on se suspecte, on doute de tout un chacun. « Il est où cela, le grand dégueulasse qui ose trimbaler du fric ? Ou alors c'est quelqu'un qui aurait mis le pied dedans ? ». Bientôt on appellera les brigades de déminage d'osier. Elles se pointeront avec un compteur Geiger ou assimilé. Passeront la foule aux rayons X, Y, Z. En v'là un ! Il a une liasse, le bas fumier ! On l'embarquera dans un centre de désinfection où il devra se dessaper. On passera ses hardes et son carbure au crématoire ; bien heureux qu'il aille pas s'y faire bronzer aussi, du temps qu'on y sera. Mais ça, ce sera pour l'étape suivante ; pour un peu plus tard, quand on sera contraint de déblayer le plancher, qu'il y aura la carte de vie que prévoyait Marcel Aymé. Place aux jeunes ! Age limite : trente-cinq piges ! Vous verrez, mes petits gars, vous verrez qu'il dit juste, votre commissaire. Il plonge à pieds joints dans le bioutifoule futur. Il y sera plus, ne sera plus nulle part car ils auront buté le Bon Dieu, pas être gênés aux entournures de la conscience. Y aura même plus de néant pour disparaître, plus rien où se réfugier. Ce sera comme si ça n'avait jamais été : toi, moi, le général Pinuchet, le capitaine Haddock ; on parviendra à cet exploit : la non-avenance ; nous serons annulés ; j'en sais pour qui l'opération ne nécessitera pas trop de boulot.

Et bon, au lieu de t'emmener en amazone sur ma monture, jolie friponne, cheveux au vent, je surdéconne.

On continue, on se lance en grand dans le palpitant. Je disais donc : rien d'inutile… Une brique san-antoniaise en soutient une autre, et ainsi de suite, plus haut que l'Empire Stade Buildinge ; y a pas de raison que ça s'arrête. Tiens, ça aussi, les immeubles… Tu les verras disparaître dans les nuages. Les julots du dernier étage, ils n'auront plus le temps de redescendre une fois en haut. Dix ans d'ascenseur pour grimper ! Quand ils canneront, on les enterrera pas, mais on les satellisera.

Je quitte donc Mister Pinaud et son égérie brune non sans qu'icelle m'ait offert un petit verre de rhum. A quatorze pas de là, se trouve l'immeuble où cette pauvre Mme Chapoteur a mis fin à ce que tu sais. Je fourmille, mécolle. Ça s'entrechoque dans mon caberluche, tout ce qu'il va falloir faire : voir la mère de Francis Télémard ; Alberte Duhoux, l'amie de la suicidée ; retrouver l'Evelyne B., la maîtresse de feu Chapoteur…

Curieuse affaire, et qui ne ressemble pas aux autres. C'est pas la frénésie, mais une grouillance étrange, très louche. Tiens, le numismate si antipathique... Sa bonne femme. Des gens de tous les jours soudainement confrontés à la mort d'une façon bizarre. Voir également le père du meurtrier. Dénicher ses principales relations. Il avait une potesse ou un pote ?

J'ai en poche la petite boîte de pastilles pour la gargane qui contient le doigt. Dans le fond, c'est pas ragoûtant de balader ce débris humain. Par quoi je commence ? J'ai bien envie d'expédier Mathias à Annemasse, puisqu'il a lu la correspondance des deux dames, il est en mesure de poser les questions pertinentes. Je sais bien que ça n'entre pas dans le cadre de ses fonctions, mais il est intelligent, le Rouquemoute, et pas rechigneur question boulot. Banco : il fonce à Annemasse. Moi, j'irai voir la mother du détoité.

Je stoppe net mon soliloque. Faut dire que ce que j'aperçois te fait friser les poils occultes. En face de l'immeuble qu'habitaient les Chapoteur, un fourgon Peugeot est en stationnement. De couleur crème, avec des poussées de rouille et des gnons un peu partout sur la carrosserie. Les pare-chocs ressemblent à des guidons de course.

Deux gars se tiennent à l'avant du véhicule ; jeunes. L'un a la peau basanée et il frisotte. L'autre porte un bonnet de laine et des lunettes de soleil très sombres. Il est affublé d'une moustache.

Je continue ma route en m'efforçant de regarder ailleurs.

Merde, serait-ce possible ? Et pourquoi non ? L'agresseur de Georgette a raté son coup, hier, à la station de métro. Le suicide de la pauvre femme n'a pas été annoncé que je sache, d'ailleurs ce n'est pas une information. Chaque jour des gens se butent dans Paris, s'il fallait publier la liste, une page entière de journal n'y suffirait pas. Cela pour en conclure que *l'agresseur ignore la mort de celle qu'il voulait supprimer.* Tu paries quoi qu'il est à l'affût de la Georgette, le bandit ?

Ma matière grise se met à rissoler comme dans un four à ondes courtes. Putain d'elle ! Se peut-ce ? Le hasard me servirait ce type sur un plateau ? Dis, il doit y avoir gourance, c'est trop beau. Mais j'appartiens à cette race privilégiée qui croit au Père Noël. Que fais-je ? Charger tout seul le duo de malfrats ? C'est risqué car mes deux gredins, si gredins il y a, n'hésiteront pas à faire du rebecca. On ne va pas provoquer un petit Verdun dans cette rue populeuse. J'entends d'ici les médias hurler à la bavure.

N'écoutant que la prudence, je fonce dans un bistrot pour téléphoner à messieurs les archers. Mon plan est déjà dressé. Je fournis à l'adjudant Launoeud (un type au poil) un rapide topo. La fourgonnette crème est stationnée devant le 19. Il va m'envoyer une autre fourgonnette banalisée qui stoppera une vingtaine de mètres en avant des deux suspects et ses occupants feront mine de décharger des colis. En même temps, une voiture normale se pointera à la hauteur du fourgon de manière à en bloquer la portière.

Mes collègues doivent se munir de mitraillettes, mais ne défourailler qu'en cas de légitime défense. Ils braqueront immédiatement les malfrats ; je leur donnerai le signal.

— Combien de temps vous faut-il pour arriver, Launoeud ?

— Un petit quart d'heure, commissaire, sans sirène, nous devenons de simples pékins soumis au trafic.

— A la différence que vous n'avez pas à tenir compte des contredanses, foncez !

Je commande un petit noir très serré. Depuis le zinc, il m'est possible d'observer la fourgonnette, grâce à un jeu de miroirs. Le taulier ligote un journal de courses. Les courtines constituent son hobby, à cézigue ; tout le monde a droit à sa part d'infini, non ?

T'avouerais-je que mon battant pompe à tout va ? Tu sais ce que c'est que des charbons ardents, toi qui as été soutier ? Je me dis : que fais-je si la fourgonnette décarre avant la venue des renforts ? Intervention ? Pas raisonnable. J'ai déjà noté le numéro du véhicule, tu penses bien. Encore qu'il ait été chouravé, probable. Les minutes font du surplace, comme deux pistards qui s'observent avant de plonger. La sueur dégouline le long de mon os à moelle. Cinq minutes s'écoulent. Dans le fond, s'ils guettent la sortie de Mme Chapoteur, il n'y a pas de raison pour qu'ils s'impatientent, mes deux zèbres. Logiquement, ils doivent garder la planque pendant des heures. Plus le tampax, pardon : plus le temps passe, plus je suis fortifié dans la certitude qu'il s'agit bien de l'écrémeur de stations. Que feraient deux bougres au volant d'une fourgonnette, sinon guigner l'apparition de quelqu'un ? La grosse aiguille de ma tocante n'avance pas, quant à la petite, c'est même pas la peine d'en parler, on l'a soudée au cadran.

Le taulier vient d'achever la rubrique qui le passionnait. Il plie son baveux consciencieusement, comme s'il comptait s'en resservir le lendemain.

Son regard surprend le mien (ou le mien le sien) et il marmonne :

— Tous des cons !

Je ne sais s'il parle des chevaux, de ceux qui les montent ou des bonnes gens qui jettent la fraîche sous leurs sabots, comme des pétales de rose à la Fête-Dieu.

— Ça, c'est vrai, ça, mère-denis-je sans crainte de me tromper.

Encouragé, le vieux bougne ajoute :

— Ils se croivent malins.

— La chiasse, c'est qu'ils veulent le faire croire aux autres, renchéris-je.

Parler pour ne rien dire est généralement un sport britannique destiné à faire passer un temps qui est beaucoup plus difficile à écouler dans les îles de Sa Majesté que partout tailleur.

Je suis certain que je viens de franchir une dizaine de secondes sur les ailes de ces sobres répliques.

— Je sais pas où ça va, avoue le bistrotier.

— Mais ça y va ! pronostiqué-je.

Content de cette fine appréciation, l'homme a un sourire pour tête de pipe en terre cuite.

— Remarquez, ça leur regarde, me prie-t-il de noter.

— Bien sûr, n'empêche qu'ils nous entraînent avec eux.

Mon terlocuteur prend une expression farouche.

— Moi, j'ai soixante-huit ans, et je peux vous dire qu'ils m'auront pas.

— Parce que vous êtes un homme énergique et déterminé, l'embaumé-je.

Je considère son bide plein de merderie, ses bajoues flasques, dans les tons bronze, ses grands yeux jaunes et cons, ses grosses lèvres variqueuses par où sont entrés tant de coups de blanc et sorties tant de conneries. Il se gratte les testicules à travers sa poche, fier de soi et de fournir pareille impression.

— Et puis vous êtes intelligent, ajouté-je avec un rien d'envie dans l'inflexion.

Ce léger détail le pavane.

Il se verse une giclée d'Alsace (que les Boches n'ont pas eue, en fin de compte, non plus que la Lorraine), l'écluse d'une glottée prompte.

Pile à cet instant, une fourgonnette bleue se la radine et freine.

Je m'approche de la vitre.

C'est bien Crouchy, pas d'erreur. Le véhicule s'arrête en aval de mes deux guignols. Une Renault dix-huit break surgit qui stoppe tout contre la porte du conducteur.

— Excusez, patron, dis-je en posant dix balles sur le rade, j'ai une période militaire à faire.

Sous ses yeux ébahis je dégaine mon flingue, l'arme et sors de son troquet.

Les occupants de la Renault, au nombre de trois, cernent déjà le véhicule de mes lascars. Deux de la fourgonnette bleue se pointent à la rescousse. Et Bibi, fils illustre de Félicie, complète (avantageusement) les effectifs. Si les deux vilains sont tentés d'ouvrir le feu, c'est qu'ils rêvent d'avoir un petit jardin sur le bide.

Je me plaque contre leur tire pour gagner la portière du côté passager avec l'intention ferme et irrévocable de l'ouvrir brusquement. Je saisis la poignée ; hélas, elle est bloquée. Je constate alors que la fourgonnette a subi une modification. Toutes les parties vitrées sont devenues opaques du fait que des volets métalliques roulants les obstruent. La chignole des deux truands est bricolée. A la première alerte, elle se transforme en char d'assaut.

Loin d'en concevoir de la rogne, la chose me ravit puisqu'elle m'apporte la preuve que j'ai vu juste. La prise est bonne. J'étudie la carrosserie, m'attendant à y découvrir des petites meurtrières par lesquelles on peut défourailler depuis l'intérieur, mais elle est lisse.

Je tambourine alors contre la portière.

— Dites donc, les gars ! hurlé-je, votre mignonne astuce rime pas à grand-chose. Si vous ne décambutez pas gentiment après avoir virgulé vos armes, je fais venir une dépanneuse et on vous emporte dans un coin peinard où nous pourrons découper votre carrosse au chalumeau !

Malgré cette injonction de coordination, complément direct d'objet, s'il vous plaît, les escarguinches en hibernation ne bronchent pas.

Mes collègues qui m'ont rejoint sont un peu josephs. Comment ? Ah ! oui, excuse, je voulais dire « sont un peu marris ».

— Une petite seringuée dans la serrure, commissaire ? propose l'un d'eux.

Je secoue la tête.

— On va pas se mettre à jouer *Il était une fois dans l'Ouest* à côté des Folies-Bergère, repoussé-je. Faisons ce que je leur ai promis : une dépanneuse et fouette cocher jusqu'à un garage de la Grande Boutique pour les décoquiller au chalumeau oxhydrique.

« Demandez-en une depuis vos tires. »

Mes collègues m'objectent qu'ils n'ont pas d'installations radio dans les bagnoles, lesquelles sont, comme je l'ai demandé, des véhicules privés.

— O.K., je téléphone du troquet !

Le gros vieux bougne me voit revenir avec un effarement presque turc, tant il est croissant.

— Mais qu'est-ce y a-t-il ? bredouille ce protecteur de la race chevaline. C'est un n'hold-upe ?

— Non, une simple bouderie : deux garnements se sont retirés du monde à l'intérieur d'une fourgonnette ; comme c'est pas de leur âge, on va les en faire sortir. Où est le téléphone ?

— Dans l'arrière-salle, au-dessus du réchaud. Vous êtes de la police ?

— Depuis un certain temps déjà. C'est pas que ça paie bien, mais on a droit à des titres de transport gratuits.

Je passe dans son antre. J'y découvre une vieillarde à lunettes tellement épaisses qu'à ma prochaine visite elle sera aveugle. Elle épluche de mémoire des pommes de terre. Je la salue, mais elle ne répond pas, sa malvoyance étant telle qu'elle n'entend plus.

Je fais le numéro (en anglais *to dial*) de mes services et je viens de composer le deuxième chiffre quand un souffle phénoménal m'envoie dinguer sous la table. Je m'y retrouve au côté de grand-maman, laquelle, stoïque, n'a pas largué sa patate et continue de l'appeler, que dis-je ! de la peler (mais par son prénom qui est Tubercule). Ces très vieilles personnes ont des ressources insoupçonnées et continuent de pratiquer la religion du quotidien dans les pires circonstances ; merci pour elles, Seigneur !

Quoi de plus beau que cette survieillarde tombée de son siège comme la poire de sa branche, et qui, imperturbable, déshabille cette humble amie du Belge, sans défaillance, développant un serpentin gracieux qui choit dans la vaisselle brisée.

— Les temps sont difficiles à traverser, lui dis-je.

Elle pèle, pèle, pèle, inlassablement ; et l'on sent qu'elle continuera même lorsqu'elle n'aura plus de patate à disposition, elle pèlera des prostates, se pèlera le haricot, la main gauche, elle pèlera la table, le bistrot, le couteau lui-même.

Mais bon, il faut bien que j'aille voir d'un peu près ce qui vient d'arriver, encore que j'aie ma petite idée.

Le troquet du gros bougnat ressemble à celui de M. Kilahoku, d'Hiroshima le 6 août 1945. Il ne reste d'entier qu'une table, deux chaises, un faisan naturalisé français et le percolateur. Pour sa part, l'homme des courtines, sans avoir été à proprement parler tronçonné, a eu le thorax ouvert comme une porte de panetière, le ventre fendu par le milieu et sa tripaille moutonne avec de beaux reflets bleutés. Sa grosse bouille a quelque chose de surréaliste, à cause du bec-de-cane fiché en plein front. Ce qui frappe dans ce mort, c'est qu'il a conservé les mains dans les poches.

Pour sortir dans la rue, c'est fastoche car il n'y a plus de devanture. Le spectacle est désolant.

A la place de la fourgonnette : un cratère !

A la place de mes confrères : des cadavres déchiquetés.

A la place des voitures en stationnement : des carcasses tordues. A la place des magasins : des cavernes. Ça court tous azimuts, ça hurle, ça geint, ça rampe, ça fume, ça implore.

Apocalyse, apocalyse ! Les temps sont durs ! Plus il y aura d'hommes sur notre petite planète de vacances, plus ils deviendront impitoyables ! Elle est si mignarde, et eux si nombreux. Jadis, ils la croyaient immense, à présent qu'ils savent, tu vas voir si ça va saigner ! Tue ! Tue ! Apocalypse ! Au lance-flammes, à la bombe H,I,J,K,L,M,... ! Déblayez, déblayez ! Plastic *for ever,* plastic *for all !* Explosif ! Tout le monde a sa charge dans la giberne ? Ceux qui seront pris sans T.N.T. seront plongés dans les barils de déchets radio-actifs.

Je remonte la rue jusqu'à la camionnette de mes collègues. Tous sont en charpie et mes godasses deviennent rouges comme les joues du bon maréchal Goering.

Pourquoi diantre ces deux sales cons se sont-ils kamikazés dans leur faux tank ? Un accident ? Ils trimbalaient une charge féroce qui leur a claqué dans les doigts à la suite d'une fausse manœuvre ?

Je reviens au cratère. Et alors je pige tout. Une superbe fulgurance de mon esprit classé monument hystérique ! Bravo, Sanantonio, ça, c'est du meuble !

Quand je vais t'avoir expliqué le topo, tu vas te pincer les glandes mammaires, ma chérie, te toutougner les mamelons jusqu'à ce que tu obtiennes Radio-Conakry. Ces deux lascars, chapeau ! Pourtant, ils ne payaient pas de mine dans leur fourgonnette. Ils faisaient loubars de grande banlieue. Mais ça devait être un mauvais genre qu'ils se donnaient. Faut dire que de nos jours lamentablissimes si t'es pas loqué traîne-patins, avec un jean teint à la pisse, des baskets en loques et un blouson volé dans le vestiaire d'un asile de nuit, tu te fais remarquer. L'uniforme pourri prend le dessus. *Eaton* du paveton ! Tignasse hirsute, barbe cradingue, sans oublier le regard provocant. Le gonzier en costar de ville risque d'être lynché à chaque pas. Porter cravate est une preuve d'héroïsme. Même les présentateurs de la téloche se pointent en pull ou en bras de chemise, manière de ne pas provoquer le manant. T'as des pédégés qui laissent leurs beaux complets sur le sol de leur garage pendant quelques semaines, roulant dessus, comme dans les rues d'Ispahan on roule sur les tapis neufs pour les vieillir. Et s'il y a des taches d'huile, tant mieux ! Et d'ailleurs, visionne notre présiblique de la Répudent, obligé, de par ses fonctions, qui créent l'orgasme, à porter costume et cravtouze, la manière géniale qu'il a su tourner la difficulté en se loquant en mesures industrielles, taillées dans des tissus en solde, because leurs couleurs.

Donc, mes deux charognards, pour te narrer, tu sais quoi ? Ils ont stationné leur fourgonnette truquée au-dessus d'une plaque d'égout. En cas d'os, un trappon pratiqué dans le plancher de la chignole leur permet de retirer la plaque et de se tailler par les égouts. Dès qu'ils sont à l'abri, avec un contacteur à ondes courtes, ils déclenchent les explosifs emmagasinés dans leur brouette. Hécatombe, panique ! Ils ont tout le temps de s'évacuer. Alors là, chapeau ! Des super-professionnels, avec outillage sophistiqué !

Je me penche au-dessus du trou béant. Tout au fond, je distingue un miroitement. Me lancer sur leurs traces ne servirait de rien car ils sont hors d'atteinte. En outre, les échelons de fer permettant d'accéder aux profondeurs n'existent plus, la charge ayant pratiqué un entonnoir d'au moins trois mètres.

Je m'aperçois, tout à coup, que je suis seul au milieu de ce carnage, de ces décombres.

La foule est en bout de piste, qui regarde, abominée. Des gens piaillent aux fenêtres, dans les étages. Y a même tout à coup le buste de M. Valentin Dézosser qui me choit devant les mocassins avec un bruit pesant de viandasse. M. Valentin Dézosser, c'est pas à toi que je vais l'apprendre, est professeur au conservatoire de colle forte de Clermont-Ferrand. Comme il te l'expliquait l'autre jour, place de Jaude, il a demandé sa retraite anticipée, comme tout le monde, ce qui, nul n'en ignore, pose toujours des problèmes administratifs car, entre les chômeurs, les retraités et les travailleurs pris en charge par la Sécu, y a plus personne en piste pour établir les paperasses. Profitant de ce qu'il était en congé de maladie à la suite d'un accident de moulin à poivre, il est venu voir sa fille à Paris, Mme Lamotte-Chevrette dont l'époux tient un grand magasin de foutre dans le deuxième arrondissement. Il achevait de prendre son café-au-lait-pain-beurre lorsque sa grande fifille qui secouait un torchon à poussière à la fenêtre lui dit : « Viens voir, papa, il se passe de drôles de choses dans la rue. » L'aimable personne faisait allusion à notre siège de la fourgonnette (laquelle en comportait déjà deux). Elle laissa sa place au futur retraité, sans se douter qu'elle allait en faire un mort, car, à l'instant où le professeur se penchait, la charge d'explosif partait à dame, sectionnant net le buste de M. Dézosser.

Sa fille, commotionnée, ne s'aperçut pas immédiatement de la chose ; c'est seulement à l'instant que, s'élançant vers son vénéré père, elle a provoqué la rupture des deux parties qui, désormais, le composaient. D'où ce valdingue de la partie nord de cet admirable enseignant qui vint s'abattre à mes pieds. Non, mais tu te rends compte que je ne te bluffe pas la moindre en parlant d'apocalypse, hein ? Viens pas prendre tes grands airs, comme quoi l'Antonio théâtralise, nani nanère, les grands mots, tout bien. Je décris ce qui se passe, scrupuleusement, en cernant le vocabulaire au plus juste, j'accepterai aucune réclamation ! Sur ce, en voiture, fermez les paupières !

Des uniformes finissent par se profiler. A quelques encablures, les voitures stoppées klaxonnent outrancièrement, tu connais ces empafés de tomobilistes, la frénésie qui les empare sitôt que ça cesse de rouler ? La manière fulgurante qu'ils deviennent tous des meurtriers en puissance, prêts à commencer par le pire pour se dégorger l'adrénaline.

Et tout à coup, je me dis quoi t'est-ce ?

Ceci : « Et merde ! »

A quoi bon continuer de patauger dans le cadavre et

sa sauce ? A quoi bon marcher sur des calcinations, risquer de se filer une ferraillure dans la viande, ou un éclat de vitre (à l'instar de mon pauvre Dutourd, là, quand ils lui ont émietté son ancien appartement en espérant que son stylo figurerait parmi les décombres, mais il écrit Bic).

T'as plus rien à faire ici, mon Tonio, t'es pas croque-macchabes. La voiture-balai, c'est pas ton blot ! La voirie Borniol, t'as pas la licence, mec, malgré qu'y ait pas plus licencieux que ta pomme ! Alors, emmène-toi, mon homme ! Et fissa. Laisse les archers du guet se dépatouiller avec leurs potes pompelards. Taille le vent : t'as école ! La besogne qui t'attend commence à s'accumonceler vilain !

Justement, une évanescente jeune fille, qui sort d'un immeuble, défaille en constatant le désastre. Elle est du genre triste et bête, facile à impressionner, si tu vois ? La nana à qui tu fais croire qu'il y a deux *premier de l'an* les années bissextiles.

Je la prends dans mes bras pour lui faire traverser le ruisseau de sang.

Une fois sur l'autre rive, je lui conseille d'aller faire un tour au bois de Boulogne, où c'est bourré de faons de putes et de gentils petits faunes qui viennent vous manger dans le creux de la culotte ; manière de se changer les idées.

Un message m'attend, comme l'amour attend le toréador. Message... d'amour, précisément. Et n'ai-je pas beaucoup de points d'ancrage avec la tauromachie ?

Une babille fraîche comme le clitoris d'une collégienne, adressée en pneumatique. Elle émane (Power) de Caroline, ma petite salope du moment, celle qui a trouvé pour sa chambre de bonne un usage si harmonieux.

Je te livre son poulet *in extenso,* me réservant son cul jusqu'à nouvel ordre, mais tu connais mon humeur fantasque, aussi tous les espoirs de l'attente sont-ils permis.

Elle dit comme ça, cette bafouille :

Mon beau taureau fougueux (1),

Pensez-vous que mes sens puissent supporter la brutale déconnexion dont je fus victime hier ? Vous me connaissez déjà bien trop pour l'admettre ! Aussi vous attendrai-je tantôt, à partir de 15 heures dans notre nid de volupté. Je laisserai la clé sur la porte pour n'avoir pas à me relever, car je serai déjà au lit, somptueux polisson. Je vous attendrai avec ma culotte fendue, mes bas noirs et ce porte-jarretelles de catin qui me va si bien, dites-vous. Et

(1) *Que te disais-je en début de chapitre ?*

savez-vous dans quelle attitude je serai ? A genoux, mon prince ! Alors ne me faites point trop attendre, car il n'est pas bon de rester longtemps la tête penchée.

Je vous couvre de baisers partout où vous les souhaitez. Hâtez-vous : je suis en feu !

Votre Caroline

Pièce de collection que cette lettre, conviens-en, mon lapin. Avec des relents du dix-neuvième siècle et des turpitudes bourgeoises du seizième arrondissement.

Je relis, respire, empoche. Hésite.

M'autoriserai-je un break en pleine enquête ? Un certain remue-ménage dans mon Eminence me pousse à l'admettre. Si tu te refuses le plaisir qu'on te propose, c'est que tu négliges les largesses du Ciel. Dieu a créé le guerrier mais aussi son repos.

Je vais donc mettre les bouchers doubles (comme on disait à La Villette). Car s'il ne faut pas repousser le plaisir, il convient également de le mériter.

Un coup de turlu à Mathias. Il promet d'être diligent et efficace à Annemasse.

Je passe par le bureau de M. le directeur. Je le trouve en train d'essayer des souliers vernis. Il se risque à marcher avec ses nouvelles targettes, ressemblant à un patineur néophyte lâché pour la première fois sur la glace, car ses semelles lisses sont instables sur le tapis.

Ninette, sa secrétaire miraude, attend le verdict directorial.

— Jamais je pourrai tiendre debout av'c ces merd'ries aux pinceaux, ma crotte, déclare le Sublime.

— Il est pourtant hors de question que vous portiez le smoking sans souliers vernis ! catégorique-t-elle.

— Vous allez à un gala, monsieur le directeur ? demandé-je.

— Voui, si on voudrait, en fête, j'sus invité à l'Elysée, moi et mon épouse, et comme y aura tout un chenil de kroums huppés faut qu' j' me saboule façon duc Dédain-Bourre.

— Vous, à l'Elysée..., béé-je (car j'aime le beige).

Il me fulmine d'une œillade lie-de-vin.

— Qu'est-ce ça a d'rare, j' vous prille, commissaire ? C'est pas les cons qui manquent, là-bas, v' savez. V' désireriez m'entretiendre ?

Je lui parle de la voiture piégée et du badaboum qui en a résulté.

— Je souhaiterais que vous déclenchiez le dispositif *number one* contre les deux frimants dont j'ai dressé le signalement, monsieur le directeur. Qu'on ratisse tout Paris !

Sa Majesté cloaqueuse envoie dinguer ses deux targettes compressantes en deux shoots qui défonceraient les filets d'un goal.

— Ninette, si je devra mettre des pompes vernies, trouvez-moi-z'en des plus habitables ; m'faut deux pointures d' mieux, la mère, et v's'y ferez coller du caoutchouque strillé en dessous, pas qu' j' m'aille affaler la gueule devant ces messieurs-dames. Bon, pour en reviendre à vot' circus, commissaire, faut qu' je vais vous dire ma façon de voir : dans les graves circonstances que vous causez, c'est moi que je vais prendre en main c'te chasse à l'homme, car j' commence à m'plumer les roustons dans c' burlingue et ça m'démanche de mett' la pogne à la pâte. J'trouve qu' ça roupille un peu trop dans les services ; les fonctionnaires fonctionnent de mal en pisse ; ceux qu'arrivent en r'tard croisent dans l'escalier ceux qui partent en avance, comme disait j'sais plus qui, mais ça n'empêche pas qu'il avait raison. Bougez pas, y vont m'voir au turbin ! On va l'changer, c' t'état d'esprit de merde. Y sont tous à bédoler par crainte des bavures. Eh ben ! j' leur apprendrerai à baver prop'ment ! Les méthodes font faillite, commissaire : et v'savez-t-il pourquoi ? Pace que les flics redoutent les masses immédiates. La pensée qu'on va les critiquer dans un baveux, et y sont obligés de mett' leur râtelier dans la poche, pas claquer des chailles. On n' fait rien d' valab' quand t'est-ce on chie dans son froc !

— A qui le dites-vous ! ricane Ninette.

Le Gros la fustige illico.

— Toi, la grande, pense à ton av'nir et fais-moi l' plaisir d' t'écraser si tu voudrais pas qu' j' m'en chargeasse moi-même personnellement. Confonds pas trouille verte et huile de ricin, c'est pas l' même flacon !

« Sur ce, on s'y met, commissaire, on s'y met à fond. J'sus réceptionné, moi et ma femme, demain soir par l'président, j' veux m' pointer dans sa crémerie av'c une affaire réglée de but en blanc. »

Et il appuie le poing gauche sur l'angle de son bureau. Son autre main est posée altièrement contre sa hanche. Il bombe le torse tandis que ses yeux d'*imperator rex* lancent un défi à l'infini.

C'est beau, un grand homme.

La maison a fière allure. Elle exprime tout le charme élégant de l'Ile-de-France. De vastes proportions, avec son toit bas, ses portes-fenêtres blanches à petits carreaux, les ampélopsis drapant ses murs de pierre, son délicieux jardin à la française où les buis bien taillés ressemblent à des sculptures végétales, sa pièce d'eau rectangulaire hantée de cyprins dont le rouge vire au brun, ses allées couvertes de gravier blond, elle a une âme. J'ai peine à croire que le fils du lieu ait tout à coup acheté un fusil à pompe et qu'il soit parti attaquer un numismate pour, quand la police est intervenue, tuer sans vergogne. D'ailleurs, qu'est-ce qui te dit qu'il n'en avait pas une, de vergogne ? Une petite qui se dévisse, hmmm ?

Le portail est grand tout vert. Je me dirige vers le porche d'un pas calme, bien décidé à butiner céans assez de pollen pour pouvoir confectionner le miel de la vérité. Le jardin embaume. Des oiseaux ramagent à tout berzingue. J'entends aboyer un chien, dans la maison, un fort toutou — si j'en juge à son organe — que mon arrivée met en rogne.

Une cloche de bronze est accrochée sous l'auvent. J'en actionne la chaîne. Dreling ! La sonorité fêlée a une tristesse qui fouaille l'âme. J'imagine ce son, dans la brume automnale : bath !

Au bout de peu, une dame servante vient m'ouvrir. Assez jeune, mais sympa comme une poussée d'eczéma. La toute sale gueule : pâle, sans lèvres, infardée, avec un regard pas gentil, les cheveux tirés. Elle est habillée d'un uniforme de femme de chambre (engagez-vous, rengagez-vous dans les troupes gens-de-maisonnières !) blouse bleue à col blanc, petit tablier blanc.

Elle me visionne sans mot dire, attendant que j'explique par quel concours de circonstances je me trouve sur ce paillasson des Yvelines à l'heure du repas.

Prenant mon courage par les cornes, je produis ma carte poulardière à l'ancillaire (d'en avoir deux).

— Je désire m'entretenir avec Mme Télémard, dis-je sans jambages (j'ai parlé en majuscules d'imprimerie).

— Madame se repose, rétorque la femme de cave (sa frime n'est pas « de chambre » du tout).

— J'ai déjà interrogé des gens qui se trouvaient en position horizontale, fais-je, ils parlaient aussi bien que les autres ; si vous voulez bien me conduire jusqu'à elle...

— J'ai des instructions.

— Il vaut mieux avoir de l'instruction que des instructions, soupiré-je. Dites-moi, mademoiselle, vous avez des règles douloureuses ou vous êtes mal payée ?

— Non, mais dites donc, bafouille la f. de c. Qui vous permet ?

— Je cherche à comprendre ce qui motive votre air si crispé, dis-je. Car là est mon hobby : chercher à comprendre. C'est pour cela que je me suis fait flic, sinon j'aurais été chirurgien-dentiste. Oh ! oui, vous co-vivez le drame qui plonge cette maison dans le chagrin, je comprends. On s'imagine toujours que le personnel ne pense qu'à son salaire, il lui arrive de compatir, bien que les syndicats n'aiment pas beaucoup ça. C'est la porte ouverte à toutes les compromissions. Vous laissez le patron mettre le pied dans votre sensibilité, et il vous dépersonnalise en deux coups les gros. Mais c'est pas le tout : bouge ton cul, connasse, j'ai pas de temps à perdre !

Cette dernière invite peut passer pour la marque d'un esprit emporté ; elle correspond en fait aux dernières directives que m'a données mon directeur, lequel a décidé de répudier les manières fluettes, beaucoup trop XVIIIe, que nous pratiquions, à la police, depuis une demi-douzaine de septennats, dont certains furent écourtés, à cause de ce qu'on nomme en politique « les circonstances ».

Sidérée, la donzelle se laisse refouler par mon seul index appliqué au défaut (principal) de son épaule.

Je m'avance dans l'entrée au plafond bas, de blanc crépie, où une délicate table espagnole à piétement de fer forgé supporte un merveilleux bouquet.

Une personne épuisée par le chagrin s'avance aux nouvelles.

— Commissaire San-Antonio, me présenté-je, je suppose que vous êtes Mme Télémard ?

La personne opine. C'est une très belle femme, émouvante. Je qualifie d'émouvantes les dames qui me touchent et que j'ai, d'emblée, envie de prendre dans mes bras pour leur promettre une vie meilleure ou, du moins, une bite grosse comme ça ; regarde, petite, pas mal, hein ? Faut avoir la place pour héberger ce machin, ou en tout cas de la vaseline.

Elle est blonde pour de vrai, tirant sur le châtain, avec un visage triangulaire, un regard clair et vague qui appelle sans le savoir. Plutôt petite, bien fichue, pas alourdie par l'approche de la cinquantaine. Quelques rides séduisantes, à peine. Tout de suite, elle me produit de la musique, cette dame ; tu sais, mon air que je te cause souvent : la li, la la, lala... la li, la la, lala... la la la la lèèèère... Des fois, j'en pleure. Je suis seul, je ferme les yeux, je pense à la vie, je fredonne ça, je pleure. Y a que les incons qui peuvent comprendre, et pleurer aussi une petite goutte avec moi pour que trinquent nos vague à l'âme.

Alors je la vois, si nostalgique, probable, en temps habituel, et si désespérée en ce moment ; je la vois et elle saute sur mon cœur, et j'aimerais lui dire que ça va se tasser, qu'on va chantonner dans la pénombre, elle et moi, joue contre joue, oublier Palerme, les cons, les autres, la vie, la mort. Je voudrais lui dire qu'on va laisser glisser les heures, et vivre de nos souffles et se filer un petit coup dans les miches pour dire de serrer plus fort le lien de tendresse, montrer qu'on se comprend à fond, qu'on compassionne bien, les deux. Que mes yeux savent tout des siens. Et puis que rien n'a d'importance... Surtout ça, oui : que rien n'a vraiment d'importance et qu'il est superflu de perdre son temps en idées reçues. On mangerait du camembert à point sur du pain frais, en éclusant un coup de jaja, à loilpé sur notre lit, pendant une mi-temps, entre deux troussées héroïques. Tout bien. Moi, la vie, on me laisserait faire, prendre les initiatives, je l'arrangerais aux petits oignons, dans les tons tendres, en la meublant d'actes peu compliqués mais directs, et très terriblement humains. Au lieu de toujours passer par le labyrinthe des convenances à la gomme. Mes hommages, mahâme...

On se dévisage, moi, goulûment, elle, d'une manière un peu lointaine, presque indifférente, ce qui fait mal à l'homme vibrant qu'*I am*. Mais quoi, on vient de lui flinguer son grand garçon. Non sans bonnes raisons, faut admettre. Seulement c'est pas admissible par elle.

La maman d'Hitler aurait vécu à l'époque du bunker-crématoire, qu'elle eût chialé comme un biscuit de Proust, et même comme toute la place de la Madeleine. Les mamans, tu peux jamais leur faire admettre que leur fiston est un monstre. Même quand il les tue. En agonisant, elles pensent qu'il est comme ça, mais que c'est un bon petit.

— Croyez que je suis navré de vous importuner, mais il est indispensable que je vous parle.

La bonniche habillée en soubrette est là, qui glande en nous observant, en nous écoutant, l'air tuméfié, l'œil biscornu, le cervelet bourré de pensées pas ragoûtantes.

— Si vous voulez bien m'accorder vingt minutes d'entretien...

Elle acquiesce et me désigne le salon. Une merveille de décoration. La cheminée Louis XIII abrite un beau feu de bûches qui flambe dru, sans fumer, sur des chenêts admirables. Il y a partout de vastes bouquets, et je te cause pas des meubles remarquables puisque tu t'en branles ; non plus que des toiles, style maîtres hollandais, qui luisent délicatement dans leurs vieux cadres. L'endroit sent bon le bois qui brûle, la cire de qualité, et le parfum de Mme Télémard.

Elle me désigne une banquette perpendiculaire à la cheminée, je m'y dépose. Elle-même s'assoit sur la banquette d'en face. Il y a entre nous une table basse supportant un vase en grès plein de fleurs modestes.

Une intimité se crée illico, malgré les circonstances. Cette femme est pleine d'un grand courage. Je décide de lui composer un poème, dard-dard, afin de l'honorer. Pris de court, le temps pressant, je tourne l'œuvrette ci-jointe :

Les fruits sont achetés
Mais comme ils sont tachetés
Ils sont à jeter

Ça ne vaut pas du Baudelaire sans doute, mais les rimes ne manquent pas de richesse et, comme il y est question de fruits, je t'en donne la primeur, imprimeur ! En tout cas, ma chérie, je te garantis que tu ne trouveras jamais rien d'équivalent dans le livre de M. Marcel Schumann du quel Conti ! Salut !

Cette personne mérite mieux que le classique interrogatoire avec accusé de réception.

— Madame, lui dis-je, j'étais particulièrement destiné à m'occuper de cette affaire pour les raisons que je vais vous indiquer ci-après et que mes lecteurs connaissent déjà...

Alors, d'un débit discipliné, calme comme celui de la Loire, en choisissant dûment mes mots, je lui fais le récit de la journée d'hier, ne lui celant rien, pas même son cheval, sans passer sous silence l'occupation à laquelle je me livrais sous les combles.

Elle écoute sans broncher. Attentive et digne. Lorsque j'en ai fini avec la période du toit, je sors la boîte (en anglais : *the box*) de pastilles et la dépose sur la table basse.

— Respectueux du vœu formulé par votre fils, je vous remets donc cette... chose. Pour être sincère, je dois vous informer que j'en ai examiné le contenu. Avez-vous une idée de ce dont il s'agit ?

Elle secoue la tête négativement, c'est-à-dire d'est en ouest, alors que pour la secouer affirmativement on la déplace du nord au sud.

— Vraiment, vous ne savez rien ?

— Mais non, monsieur, affirme la chère femme.

— Eh bien, je crains que votre surprise soit forte !

Elle cramponne la boîte, l'ouvre, regarde, tressaille et la referme vivement avant de la jeter pratiquement sur la table.

— Quelle horreur ! soupire-t-elle.

Je rempoche ce triste relief humain.

— Et maintenant, parlons, madame ! Vous ne voyez pas à quoi correspond cet ultime présent de votre fils ?

— Absolument pas.

— Pourtant, il était à la dernière extrémité lorsqu'il m'a supplié de vous l'apporter.

De belles larmes perlent à ses cils et cherchent un chemin sur ses joues ; elle ne doit pas les sentir couler car elle n'a pas un geste pour les essuyer.

— Parlons de Francis, décidé-je.

Tu connais mon sens inné (et branlable) de la psychologie ? Le fait que j'évoque son garçon, en utilisant son prénom, la met dans un climat de confiance.

— Je ne demande pas mieux, mais que voulez-vous savoir ?

— Qui il était, ce qu'il faisait, comment il vivait, quelles étaient ses fréquentations. Je sais que vous êtes divorcée. Apparemment, il semble que vous viviez dans une belle aisance ?

— C'est exact, je suis l'héritière d'une famille fortunée et l'argent n'a jamais posé de problème pour nous.

— Francis est votre seul enfant ?

— J'ai perdu une petite fille, à sa naissance, qui serait son aînée.

Il faut que ça « enroule ». Le mieux est de la laisser aller. Le feu de bois crépite et me chauffe le profil droit. Je me mets à percevoir le léger tic-tac d'une horloge à l'autre bout du salon. Ça renifle également les fleurs dans cette pièce. Je me sens bien.

— Francis..., soupiré-je, comme le silence s'attarde.

— Ce fut un adorable petit garçon, dit-elle.

— Bon élève ?

— Jusqu'à notre divorce il était le premier en classe ; et puis, comme souvent dans ces cas-là, la séparation de ses parents l'a traumatisé et son comportement s'est modifié. Il est devenu insouciant, querelleur, paresseux aussi.

— Le bac ?

— Il y a renoncé après le deuxième échec. C'était cependant un garçon intelligent.

— Donc, pas de faculté ni de grandes écoles, qu'a-t-il fait ?

— Il a décidé de se trouver une situation. Mon ex-mari l'a fait entrer dans une agence de publicité.

— Ça marchait ?

— Couci, couça. Il aimait ce métier, mais manquait d'énergie. Chaque matin, je devais le secouer pendant une demi-heure avant d'arriver à le... mettre en train.

Je ne sais si tu es comme moi, fillette, mais il y a des moments où je ne parviens pas à canaliser ma gamberge. Elle fout le camp toute seule, au hasard, avec l'ivresse d'un chien libre qui va au gré des odeurs captées. Confortablement installé dans mon fauteuil, dans la chaleur du feu de cheminée un peu hors de saison, je regarde ma pensée qui musarde...

Elle va chez le numismate, renifler la flaque de sang, puis chez feue Georgette Chapoteur humer le cadavre de la veuve pour, tout de suite après, s'approcher du cratère de l'explosion près des Folies-Bergère.

Mon esprit est une broche sur laquelle j'enfile les différents éléments de cette aventure insensée. Quel lien secret unissait Francis Télémard, ce fils à papa glandeur, aux Chapoteur, à Gédéon Mollissont, le numismate, au terroriste à bonnet de laine et lunettes noires ? D'abord, y a-t-il un lien ? Ne s'agirait-il pas d'éléments dispersés ? Dans le fond, j'eusse sans doute appris davantage de choses importantes en allant questionner Mme Alberte Duhoux, d'Annemasse, plutôt que l'émouvante mère à demi prostrée devant moi. J'aurais été mieux inspiré de dépêcher un inspecteur ici et de me rendre en Haute-Savoie. Note que le gars Mathias est le contraire d'une pomme et qu'il va sans doute me ramener l'autre moitié de l'orange, à savoir la correspondance de l'infortunée Georgette qui motivait celle d'Alberte.

Je m'aperçois que Mme Télémard ne parle plus et me regarde avec une certaine surprise anxieuse. Drôle de flic, n'est-ce pas, madame ? Ça vient, ça s'installe, ça pose deux questions et ça se met à rêvasser en écoutant craquer des bûches incandescentes. Pas tellement convenable, au fond, malgré ses manières courtoises. J'ai encore ma petite musique d'âme au cœur. Impossible de ne pas loucher sur les jambes de mon hôtesse ; oh ! discrètement, bien sûr, mais avec une infinie complaisance. La bêbête qui remonte, qui remonte, qui remonte... Cher mystère qui toujours me fascinera, douce avidité de connaître qui m'emporte sur le flot du désir ! Incomparable instant, capiteux et pourtant solennel, silencieux mais qui hurle à mes oreilles et me dévale jusqu'au sacrum d'où il se dirige, en face, jusqu'au scrotum, sa destination finale.

— Pardonnez-moi, dis-je, ma pensée m'entraînait (comme Charles) vers l'équipée de votre fils. Je sais bien qu'une maman ne peut se résoudre à admettre que son garçon soit devenu un truand ; et pourtant, Francis a commis un braquage et abattu deux policiers sans hésiter, avec la détermination d'un gangster chevronné.

Elle ne répond rien.

— Pardonnez la sécheresse de ma question, madame : la chose vous surprend-elle, oui ou non ?

Elle est très bien, Mme Télémard. Au lieu de rebiffer à outrance, en piaillant comme quoi son rejeton avait la blancheur au plus profond du linge, elle soupèse ma question.

— Ça me surprend, naturellement ; j'en suis abasourdie, mais...

Elle joint ses mains, les porte ainsi unies l'une à l'autre, devant son visage. Tu flashes et t'as une image pour première communiante.

— Mais... reprend-elle, je m'explique qu'il ait commis ces actes épouvantables. Je vais vous expliquer, c'était un imaginatif ; un être qui vivait mille vies de son invention. Il bâtissait un scénario et commençait à le réaliser, il m'a fait acheter des terrains au Brésil où il voulait aller vivre comme un fermier. J'achetais et le projet partait de son esprit. Il a voulu devenir champion de motocross, s'est fait inscrire à un club, a acheté un bolide dernier cri, a commencé de prendre des cours, puis a renoncé du jour au lendemain. Je pourrais vous citer vingt exemples de ce genre.

Je pige : sa bordille, à Mahâme, c'était un enfant gâté. Juste un fils à papa sans papa ! Monsieur Jim. Il se faisait mousser le pied de veau. S'imaginait planteur de café, champion de moto, diplomate en poste, vedette de cinoche, et il laissait quimper parce qu'il n'était qu'une larve, juste une sous-merde ; un résidu de Société incapable de bosser, de s'affirmer. Là, il a voulu vivre sa période gangster. Et, hélas, les armes partent vite quand on est une nave. Il a braqué le Gédéon, les perdreaux se sont pointés, il a balancé le potage parce qu'il glaglatait trop fort, ce sale con ! Oui, mais le doigt coupé ? Hein, le doigt coupé ?

— Il avait des liaisons ?

— Des camarades seulement.

Ah ! bon, je commence à compléter le portrait en pied du détoité. Pas de nanas, quelques potes. P't'être que ça s'emmanchait un brin, en copains. Le fik-fik ne devait pas le passionner, Francis, j'ai idée. Il se jouait Ramona au cou d'oie sans plumes. Ça suffisait à son bonheur.

— J'ai été faible, déclare mon interlocutrice.

Je hausse les épaules.

— Si nos mères n'étaient pas faibles avec nous, la vie vaudrait-elle d'être vécue ?

J'ai droit à une œillade reconnaissante. On va laisser passer quelques mois, et puis un jour je lui téléphonerai. Je m'arrangerai pour l'embarquer dans une chouette auberge normande à colombages, le genre d'endroit où l'on est réveillé le matin par des tourterelles qu'en finissent pas de débloquer... Ça peut être bien, elle et moi. Le chibre dans la mélancolie, ça vaut le détour.

J'essaie de lui préfigurer la chose avec les yeux. Peut-être comprend-elle ? Mais elle n'en laisse rien paraître.

— Le hold-up, la fusillade, je me l'explique à la faveur de ce que vous m'apprenez du personnage, madame Télémard ; mais le grand point d'interrogation reste ce doigt coupé ; vraiment vous n'entrevoyez aucune explication plausible ?

— Non, pas la moindre.

— Tant pis. Dites-moi, ces camarades dont vous me parlez, les connaissez-vous ?

— De vue : Francis ne les recevait jamais ici. Parfois, l'un d'eux passait le prendre en voiture. Il me le présentait alors brièvement.

— C'était quel genre ?

Elle fait la moue et finit par lâcher :

— Le sien.

— C'est-à-dire ?

— Des garçons un peu flous, à coup sûr désœuvrés.

— Homosexuels ?

— Je l'ignore.

— Vous avez bien un avis sur la question ?

— Je me suis toujours efforcée de ne pas me la poser, la philosophie de l'autruche est moins ridicule qu'il n'y paraît, vous savez.

Sans s'en rendre compte, elle a légèrement ouvert les jambes. Je plonge ! Sublime ! Je ne laisserai pas passer quelques mois : simplement quelques semaines. La seconde est enchanteresse. Ce que c'est bon, l'excitation. Quelle fabuleuse préface !

— Francis portait de l'intérêt aux armes à feu ?

— C'était sa dernière marotte, hélas.

— Vous voulez bien me montrer sa chambre ?

— Certainement.

Nous nous levons. Le rideau tombe sur le jardin des délices. Comme nous regagnons le hall, la soubrette antipathique se dresse soudain *before* nous. Sa frime est plus hostile encore que naguère. Elle fixe sa maîtresse d'un air peu amène, aaamen !

— Mathilde va vous conduire, dit Mme Télémard.

Elle me plante sec pour retourner au salon. La servante déclare :

— Si vous voulez me suivre.

On gravit l'escalier, moi, le nez à cinquante centimètres du dargif à miss Mathilde, lequel duquel auquel ne me tente pas la moindre, bien que sa propriétaire ne soit pas moins avenante que la dame qui vend du poisson sur le Vieux-Port.

La baraque, franchement, est sublime, mais comme je travaille pour le *Fleuve Noir* et non pour *Maisons et Jardins*, je t'en épargne le descriptif.

Tout au fond d'un long et large couloir aux carreaux anciens, décoré de peintures qui valent un saladier, comme disent mes copains helvètes, et meublé de choses désormais introuvables, il y a la chambre à Fifils. On y déniche encore des traces de petit garçon : quelques modèles réduits d'avions ou de voitures anciennes, une bibliothèque garnie de bouquins fort éclectiques, allant de *Tintin* à des traités sur le moteur contractionnel à fléau polyvalent ; une plaque de rue bidon à son nom ; des photos le représentant à ses différents âges et dans des postures glorieuses : tennisman, yachtman, motoman, etc.

La présence pernicieuse de la Mathilde commence à m'arpenter la prostate.

— Vous pouvez me laisser, lui dis-je.

Je me plante devant elle, hiératique (et collégramme), la fustigeant d'un regard si intense, implacable, nauséabond, perdurable et fulmigène qu'elle finit par se foutre à marée basse, donc par se retirer. Je claque la porte, flanque un tour de clé sonore histoire de bien lui confirmer que je l'emmerde : à pied, à cheval, à vélo, à rollers, en planche à voile, en voitures auto et hippomobile, en chemin de fer de première classe, en avion, à motocyclette, à dos de chameau ou d'éléphant rose, en traîneau, en canoë-kayak, en planeur, en fusée Apollo, en char à bœufs, sur toboggan, sous aile delta, à skis, à dos d'homme, en pousse-pousse, en télécabine, en sous-marin nucléaire, en ascenseur, à patins à glace, en camion-citerne, en petite voiture de paralytique, en formule I, en parachute, en montgolfière, en quadrige, en attelage d'autruches, en wagonnets de mine, en Aquarama Spécial Riva, à patins à roulettes, sur échasses, à remonte-pente, en nageant, en agent, et puis encore à pied, à cheval et en voiture, s'il vous plaît ! Ouf !

Au lieu de me lancer à l'assaut de la chambre, je place un bout de cul sur le bord du lit, la position assise étant très souvent propice à la méditation, crois-je avoir remarqué.

Je réfléchis comme ci-après : la curieuse bonne nous espionnait. En effesse, lorsque Mme Télémard a voulu m'accompagner dans la chambre, elle s'est aussitôt présentée dans le hall, a regardé sa « maîtresse » (dont j'aimerais fort faire la mienne, ne serait-ce que pour une demi-journée) *et l'a suppléée sans s'enquérir du lieu où elle était censée me driver,* ce qui, soit dit en italiques, est bien la preuve qu'elle écoutait ce que nous disions. Or, car il y a un « or », comme il y a des « mais », nous parlions à voix mesurée, à l'autre bout du grand salon et il était impossible de percevoir notre conversation depuis le hall. T'en conclus quoi, técolle ? Rien ? J'en attendais pas moins de ta sagacité.

Le gars moi-même, fils unique et hautement préféré de Félicie, arrache une page de son cale-pied, pardon : de son gagne-pain ; je veux dire de son calepin, et trace en caractères de majusculerie l'interrogation suivante : « ETES-VOUS SURVEILLEE ? » Je coule ce bref billet *in my pocket* (en français : dans ma poche), puis explore la pièce. Dans un placard mural (au pluriel muraux, comme Les Mureaux (78)) je déniche une collection d'armes à feu passablement éclectique. Cela va du pistolet de jeune fille au fusil de compétition, en passant par le parabellum (ayant appartenu à un para bel homme). Ce grand glandu ne savait vraiment que faire pour se donner l'illuse d'être un Jules. Ne lui manquait que le goût du travail et, probablement, des génitoires en ordre de marche, car, comme me le disait une fiancée du cher Roger Peyrefitte, laquelle faisait son service militaire avec moi : « Celui qui n'a pas de couilles au cul, peut s'asseoir, mais ne va pas loin. »

Des tiroirs en désordre me livrent quelques lettres de copains, sans grand intérêt ; à travers les lignes desquelles (pardonne la lourdeur de la phrase, je t'ai habitué à une prose plus aérienne) il est difficile de se faire une idée exacte des mœurs pratiquées par feu Francis. D'ailleurs à quoi bon vouloir préciser la chose ? Dans les grandes lignes, je le perçois parfaitement, le voltigeur. Tu veux ma pensée résumante, ferme et définitive ? Un paumé de luxe. Il a, à un moment de sa vie cafouilleuse, glissé le doigt dans un sale engrenage qui lui fut fatal, et pas seulement à lui, hélas (en anglais « alas », comme dans l'expression « passer à l'as »). Quel est cet engrenage (de homard) ? Il va falloir le découvrir. Qu'avait-il besoin de braquer un numismate, ce grand Duchnock puisque *mistres mother* casquait tous ces caprices ? Et le doigt ? S'agit pas que je me le foute dans l'œil à pinailler de la sorte. L'a-t-il lui-même prélevé sur sa possesseuse ? Pauvre annulaire qui vivait tranquille sur sa main, avant-dernier d'une famille de cinq. D'où viens-tu, triste débris (de clôture) ?

Soupir profond du très fameux commissaire San-Antonio qui commence à s'énerver. Il trouve que ça piétine, tout ce bigntz, Antoine. Il a des remontées d'huile, l'apôtre, que merde, ça va pas vite ! Il pense qu'une belle tringlée délicate, dans la chambrette de Mimi Pinçon (je l'écris commak exprès) va lui redonner sa vitesse de croisade, comme dit Bérurier-le-Grand.

Lui dégager les glandes endoctrinées, comme il dit encore, le Gros, car il dit tout et c'est pour cela qu'on l'aime. Combien de fois me suis-je dégagé l'esprit en effectuant un graissage-vidange exprès dans une putation-service ! C'est pas les femmes qu'il faut avoir à ses pieds, mais son bénouze, Ernest, rappelle-toi ce que je te dis, et si tu ne peux te le rappeler, souviens-t'en. L'homme vit trop torse nu. Il se goure d'hémisphère. C'est l'austral qu'il faut dégager. Car tout ce qui est essentiel se passe un peu au-dessous de l'équateur, au niveau du 5e parallèle. Vie et santé, force et souplesse ; rien dans les mains, tout dans les burnes ! Sa devise à l'Antonio. Faut pas le décrier, lui vitupérer contre, tordre son nez en mettant le pied dans sa prose. Jamais rien de malsain, dans un Sana, mon mec. Gaulois, franc du collier, impertinent, ça j'admets. Mais vivant, beau à foutre, fleur de bite ! Ardent ! Je vis, je t'aime ! Enlève ta culotte, qu'on cause ! Comme ça jusqu'au bout. Ç'aura été un moment de détente dans mes petits bordels bien chauffés où les fesses attendent, où le vin frais coule à flots, où l'on se bonnit (*and Clyde*) tout ce qui nous passe par la tête, n'importe la cohérence. Un jour sérieux, un jour pas, un jour de droite, le lendemain de gauche, voire anar pour corser, les dérouter. Ah ! vivre ! Il est quoi l'air des montagnes ? Capitaliste ou communiste ? Et le fion de ta souris, grand con ? Et les coquelicots dans les champs ? Ah ! que cons vous êtes et que cons vous restez, resterez jusqu'au fin fond des éternités. Quand la Terre chancellera, volera en éclats de feu, vos derniers mots seront encore des conneries ! Heureusement qu'on a divorcé, moi et vous ! Dedieu, tu parles d'un attelage qu'on formait ! Moi, bête de trait de génie, vous aidant, mes gueux, à haler vos sottises ! Maintenant je gambade dans la prairie, vous regarde passer. Je fais « meûhh » pour vous donner à croire que je suis une vache, rien qu'une pauvre vache à lait au bord de la voie. Vous vous gaffez de rien. Vous me montrez à vos immondes chiares. « Regarde la vavache, Toto ! » Regarde mon zob, petit saligaud ! Fils d'homme ! Crème de rien ! Merdification intégrale ! Tiens, fais comme ton train, comme l'Etna, comme les Belges : fume ! Il est de la classe, Antonio !

Pour lui c'est la grosse quille ! Finito, la bande doc. *Ciao,* bambino ! Il a compris enfin, l'artiste ! Il s'est décidé à le sectionner, le grand cordon ombilical de la Légion d'horreur. Y a fallu que vous mettiez le paxif, mes saucisses, mais enfin, ouf ! ça y est : libre ! Seul ! Seul avec qui ? Ça le regarde ! Ta gueule ! Par moments, j'arrive pas à croire que j'y suis parvenu enfin, à cette séparation définitive. Je nous croyais siamois, soudés, avec un seul cœur, un seul foie, deux reins, Contrex, la lyre ! Et puis j'ai risqué l'intervention, en douce, un jour que ç'a été trop, un jour de mars, je me rappellerai à vie, oui, un jour de mars, le mois des giboulées. Vous aviez franchi les ultimes limites. Outrepassé l'impossible. Alors j'ai pris mon canif, rien que mon canif, et me suis mis à tailler dans la viande. Un jour de mars, tellement horrible, un jour de mars où soufflait l'épouvante dans ma pauvre âme exilée. Mars, et même Germinal puisque ça se situait après le 22.

Va-t'en, maudissure ! J'ai réussi à trancher, coupaillant menu, comme le prisonnier scie ses barreaux avec une lime à ongles. La liberté, ça se mérite ; faut la vouloir de tout son être pour l'obtenir. Allez, roulez, mes gars ! Bye-bye ! Et qu'on ne se revoie plus ! Allez finir où vous pourrez...

— Puis-je vous poser encore quelques questions, madame ?

— Je suis à votre disposition.

Sans attendre son invite, je rouvre la porte du salon et on va reprendre nos places.

Mes sens sont en alerte. Mon regard d'aigle furète avec acuité.

— Votre fils rentrait tous les soirs pour dormir ?

Elle hoche la tête.

— Il lui arrivait de rester à Paris.

— Fréquemment ?

— Plusieurs fois par mois.

— Il avait un quelconque pied-à-terre, là-bas ?

Tout en parlant de mon ton le plus naturel, je tire le papier où j'ai tracé la question et le place sur la table basse, devant mon hôtesse.

— Pas à ma connaissance, dit-elle.

Elle déchiffre le message. Elle marque un temps d'immobilité, de mutisme. Je tapote le papier du doigt.

— Alors ? insisté-je, faisant allusion à ma question écrite.

Mais elle secoue la tête.

— Je ne comprends pas ce que vous voulez dire sur ce papier, fait-elle.

Je reprends mon poulet, le froisse et le remets dans ma poche sans insister.

— Alors, un pied-à-terre ?

— Sûrement pas.

— Il n'avait aucun papier ni objet sur lui au moment de sa mort, je suppose qu'il avait vidé ses poches quelque part ?

— Dans sa voiture ?

Tiens, merde, quelle pomme ! La bagnole ! Je n'y ai pas encore pensé ! Mais t'as quoi dans le cigare, commissaire de mes deux ? Du tabac ?

— Qu'avait-il comme auto ?

— Une vieille Mercedes au toit pagode, de couleur crème.

— Je peux avoir son immatriculation ?

— Je vais aller consulter mes dossiers d'assurances.

Elle se lève, s'arrête.

— Puis-je vous offrir quelque chose ?

Je lui répondrais volontiers que oui, sa chatte ; mais ça ne ferait pas convenable.

— Non, je vous remercie.

Elle s'éclipse. L'Antoine se lève et se met à arpenter le salon pour admirer de plus près meubles et tableaux. C'est en revenant m'asseoir que j'avise un truc ultra-jouissif dont je ne manquerai pas de t'informer en tendeur, je veux dire : en temps et en heure. Je voulais garder cette trouvaille pour moi, mais mon éditeur vient de me jouer tout un branle comme quoi je suis redevable envers le lecteur qui paie ce book et a droit à tous les accessoires le composant. Lui, c'est un homme intègre, et même intégré. Quel sacré douanier il aurait fait ! Par ici ! *Papiers, schnell !* Où est-ce que c'est-il que vous avez acheté votre montre ? Facture, siou plaît ! Rien ne lui échappe.

Je me rassois, jambes sagement croisées, coudes à l'horizontale, air pensif.

Mme Télémard se la radine, tenant une feuille de bloc où figure un numéro d'immatriculation.

— Tenez, monsieur le commissaire.

— Je vous remercie. Pouvez-vous encore m'indiquer comment était vêtu Francis, hier matin ?

La description qu'elle me brosse (à charge de revanche) correspond à la manière dont était habillé le flingueur.

— Eh bien, il ne me reste plus qu'à prendre congé, madame. Puis-je encore vous dire, après toutes ces tracasseries professionnelles, que je compatis à votre peine ?

Elle lit dans mes yeux que je suis sincère et murmure un « Merci » nostalgique qui m'inonde l'âme.

Français, vous avez la mémoire labile.

Et la bile, chez vous, remplace le cœur !

Hommes d'ici, d'ailleurs, d'autre et de nulle part, je vous énuclée par la pensée et crache dans les trous afin de vous offrir un vrai regard.

Je peste, fulmine, enrage tout en drivant ma charrette jusqu'au prochain village, là que je peux trouver une cabine téléphonique. M'y engouffre, dépose une poignée de piécettes sur la tablette et donne à manger à l'appareil.

En moins de temps qu'il n'en faut à un plongeur sous-marin pour être décoré des palmes académiques, j'obtiens l'O.P. Sabarde.

— Besoin de toi, Félix.

— Je viens de recevoir des nouvelles de Berlurin, m'interrompt-il : c'est la fin, coma dépassé.

Je respecte trois secondes de silence pour sanctionner la triste nouvelle. Nous faisons un curieux métier, tu ne penses pas ? Pour un salaire modeste, on doit être en mesure de crever à tout moment, et le public trouve ça normal, parce que c'est compris sur le cahier des charges ; par contre, quand on a la gâchette malheureuse, on est cloué au pilori et c'est le gros déferlement. En plus, on a droit au mépris universel ; juste dans les films, on nous admet. Avec Lino dans notre rôle nous sommes reconnus supermen au grand cœur, sinon, poulets de merde, gardiens du capital, trucideurs patentés, avec des âmes plus noires que nos pieds, le trou du cul qui pue pis que le tien !

— Et ton costar ? m'enquiers-je avec sérieux.

— Ma bonne femme prétend qu'il est stoppable, déclare mon collègue.

Pour lors, ça apporte de la détente.

— Félix, note le numéro de la bagnole à Francis Télémard, il s'agit d'un vieux cabriolet Mercedes au toit pagode. Je veux qu'on me retrouve cette chignole, il se peut qu'elle soit stationnée dans le quartier de la Bourse ; il m'a l'air tellement givré, ce zozo, qu'il a fort bien pu aller hold-uper à bord de son propre carrosse.

« D'autre part, vous allez me foutre le bigophone de sa mère sur table d'écoute. Parallèlement, il faut me mettre deux gars en planque aux abords de sa maison ; pas des pieds-plats, des fufutes ! J'ai l'impression que la dame est sous surveillance, elle a à son service une gonzesse dont la frime ne me revient pas. Que chacun des deux poulets dispose d'une voiture afin qu'ils puissent se dédoubler, le cas échéant. T'as tout enregistré ? »

— C'est sur ordinateur, affirme Sabarde. Dites, vous savez qu'on vient de perdre cinq gars, à quelques mètres des Folies-Bergère ? Cet après-midi, on est convoqués au syndicat : il va falloir faire quelque chose, non ?

— Oui, dis-je : les décorer à titre posthume et les enterrer. T'aimerais pas qu'on ouvre une petite entreprise de transport, toi et moi, au lieu de jouer les cowboys ?

Je raccroche. Il fait faim. Ma tocante indique deux plombes. Avisant un bistrot de campagne, je vais demander à la tenancière s'il lui serait possible de me confectionner une omelette aux œufs.

Elle me répond qu'elle n'a pas d'œufs ; elle me proposerait bien un sandouiche, mais elle n'a pas de jambon non plus. Je me rabats alors sur un distributeur de cacahuètes salées. Mais ces arachides sont plus moisies que le pénis d'un académicien. Renonçant à me sustenter avec du solide, je commande un petit alsace dégustation qui a un goût de pisse deux fois pissée.

Une mouche à merde intéressée par la patronne vient donner son petit ballet aérien au-dessus du zinc. Je contemple ses circonvolutions. Dans le fond, je suis comme elle : je tournoie au-dessus de charogneries, en essayant de déterminer le meilleur point d'atterrissage.

Francis, cette fois, je le tiens bien. A force de rêver de hauts faits, il a commis des méfaits. Et il en est mort comme un con après avoir bousillé deux hommes et mutilé une femme : le doigt (en anglais, *the finger*). La pensée de sa mère me poursuit. Je reste sous le charme. Quelque chose me dit qu'elle est en danger. Tu sais pourquoi ?

Parce qu'il y avait un micro dans le bouquet de fleurs posé sur la table basse. Son fil était entortillé après l'anse et suivait le meuble jusqu'au plancher.

Tu trouves ça normal, toi ?

Eh bien, moi non plus, imagine.

Et la femme de chambre a des allures de kapo nazi. Bon, allez, trêve ! En piste... Vague à l'âme, plus tard. A moins que... Mais oui : ma petite friponne va m'attendre dans la chambrette de la rue de Richelieu (merci, Eminence !). Un petit coup dans les baguettes, y a rien de mieux pour ce que j'ai ; ça va me purger la glandasse ; qu'ensuite j'aurai des méninges vachement clinquantes. Tu sais, ma jolie, il se bile pas trop, l'Antonio. Il en est à la période cafouilleuse où tout s'accumule. Les personnages entrent en scène, les événements se précipitent, la confusion prend le pas. On ne sait plus où donner de la tronche et de la voix, on voudrait être à Saint-Flour et à Moulins, tout étreindre à la fois.

Je dresse mon petit programme : pour commencer, un casse-dalle express, pas radiner à l'établi le ventre vide ! Tout de suite ensuite : séance de bibite grand veneur, avec pas piqué (des vers) et chevauchée cosaque. Puis, visite au papa de Francis car, tu le sais, qui n'entend qu'une cloche n'entend qu'un con. Ensuite, état-major de crise à la Grande Cabane pour relever toutes les lignes de fond mises en place et voir si « ça remue ». A moins qu'auparavant je ne retourne chez mon pote Gédéon, le gros numismate ? Un petit « je ne sais quoi » me tracasse dans l'univers de ce sac à merde et de sa rombière ; je n'arrive pas à m'expliquer d'où me vient cette impression d'insatisfaction, c'est pourquoi il faut que je me refasse une petite tournée de manège...

Oui : re-numismate avant les rapports de la maison Parapluie.

Je branche la radio pour rentrer, mais je tombe sur un con qui se raconte, alors je lui coupe le sifflet vite fait, parce que merci bien, les inquiétudes métaphysiques, j'ai les miennes, encore bien plus belles, dorées à la feuille, avec les titres en ronde. Et que cette affreuse bande d'insanes, je veux plus jamais l'entendre causer. Je me suis retranché à vie, je te répète. Et maintenant, je suis une île. Tu comprends ? Une île. Voilà ce qu'ils sont arrivés à faire de moi : *Birds Island.* Et Dieu sait si j'étais continental, autrefois ! Bien social de partout. Enjoué, gaillard. Mot pour rire, main tendue. Même le facteur, je lui faisais la causette. Ceci, cela, le temps... J'allais jusqu'à parler du temps, moi qui tellement m'en branle à deux mains, pluie ou vent, neige ou soleil... Une île ! Sainte-Hélène, Moustique, Barbane, Porquerolles... Entouré de zéros, de tous côtés, entouré d'O, quoi ! Une île...

Ah ! vivement que je lime la Caroline. Comment qu'elle dit sur sa lettre ? Elle m'attendra à genoux ? Je vois le topo comme je te vois. Bonsoir, madame la lune, bonsoir ! C'est votre ami Pierrot qui vient vous voir !

Avec son porte-jarretelles, et les jarretelles bien sûr, les bas noirs. French-cucul. Taaa tagada gadère, tagadaga. Tu vois, moi je l'aurais inventée, la musique si un autre glandu n'y avait pas songé avant moi, j'étais cap'. J'aurais trouvé une écriture musicale. Avec des lettres.

Je m'arrête chez mon pote Duravet, à la *Bedaine*. Le service s'achève, dans les crêpes suzette et la mousse à la framboise, caouas, liqueurs. Ils ont la trogne rouge. Les calories qui les astiquent, ces veaux, vaches, cochons, cuvée. Beurre blanc, crème, beurrrgh.

C'est la lutte finale, groupons-nous, et demain...

Demain bicarbonate de soude (caustique). Sels ENO. Tu rotes, Charlotte ? Non, papa, je pète. Oh ! la petite cochonne, va te coucher, Charlotte ! Bonsoir, papa ! Bien content d'avoir bouffé, eux tous, là. Repus. Touille pas trop avec la jauge, ils vont gerber ! Bon gu, ce maghreb de canard aux pêches ! Eh dis, tu l'as goûté le saint-nectaire ? Tu l'as goûté ?

Je fonce « en » cuisine. Les gâte-sauce sont en train de nettoyer le piano. J'aime pas l'expression : « aller « en ». Je demeure distingué sous ma carapace. Je ne me suis jamais, jamais mouché sans mouchoir. On ne se refait pas.

Maurice Duravet est barbu avec une grande toque comme une cheminée de paquebot. J'ai toujours peur que ses poils tombent sur la Chantilly.

Il me voit débarquer et s'écrie :

— Achtung ! Bolice Hallemande !

Puis, sans me laisser le temps d'exposer mon problème :

— Tu le veux au rosbif ou au foie des Landes, ton sandwich ?

Car ce n'est pas la première fois que je déboule en coup de vent lui mendier de la bouffe. Chaque fois je lui promets de revenir faire de vraies agapes, et je ne tiens jamais parole.

— J'ai un quart d'heure pour claper une portion de ce que tu voudras ; chaud ou froid je m'en fous pourvu que ça pue pas trop la merde.

— Je préfère t'arranger un casse-graine à emporter, je passe pas deux heures devant mon piano pour que ça dégénère en *fast food,* Antoine. Moi, les mecs qui se tapent mes médaillons de ris de veau avec une paille pour que ça aille plus vite, y m' foutent le tournis.

Je rigole et le gars Maumau se met à me construire un sandwich grand luxe.

— Dis voir, les affaires marchent, noté-je.

— T'es de la brigade financière ? ricane Duravet en installant une tranche de terrine de je ne sais quoi sur du pain bis.

Il baisse le ton et murmure :

— T'as entendu parler de l'affaire Télémard dans ta boutique ?

— Un peu, oui, pourquoi ?

— Le père du gars est un confrère à moi : il s'appelle Prudent Télémard. Il est venu bouffer ici avec sa seconde femme pour s'arracher un moment au marasme. C'est un homme qui boit sec, il lui faut deux boutanches par repas, et pas de la piquette !

Une fois de plus, me frappe cette radieuse évidence : la chance est avec moi. J'entre dans ce restau pour rafler un petit en-cas, et j'y trouve l'homme que je me proposais d'aller interviewer dans l'après-midi.

— Tu me le montres ?

— Le couple, devant le tableau qui représente Venise. (Je louche dans la direction indiquée. J'avise un gros type blond, bouffi, avec des pommettes violacées qui font la toile d'araignée, un regard gélatineux, des lèvres de jouisseur luisantes comme des clitoris survoltés. En face du personnage est une personne beaucoup plus jeune que lui, belle et assez antipathique, d'une élégance raffinée, et qui paraît s'ennuyer ou souffrir.

Elle a le bras gauche en écharpe, ce qui accréditerait la seconde hypothèse.

— Je te mets des cornichons ? demande Maurice.

— Non, y en a suffisamment comme ça autour de moi. Je te dois ?

Il hausse les épaules.

— Tu sais bien que nous faisons un métier de seigneurs !

Je biche mon sandwich et mords dedans comme dans un cul bien frais.

D'un pas tranquille, je m'approche de la table du Télémard senior, au grand dam de Maurice, lequel est déjà troisième dan de judo (la seule toque blanche qui fut ceinture noire !).

Je me pointe au couple, la bouche pleine, ce qui n'est guère poli, j'en conviens. Mais l'homme le mieux élevé a ses moments d'abandon, et je me rappelle encore la reine d'Angleterre, à Versailles, se mouchant dans la nappe devant les caméras de télévision.

De ma main insandwichée, je tire ma carte de flic et la dépose sur le bord de leur nappe. Pendant qu'ils l'examinent, je cramponne une chaise et la place en bout de table de manière à avoir une vue imprenable sur le couple.

Un coup de gosier pour expédier ma bouchée de terrine-pain bis. J'attaque :

— Pardon de troubler votre tête-à-tête, mais il se trouve que je suis chargé de l'enquête à propos des fantaisies de votre fils, monsieur Télémard ; je m'apprêtais précisément à me rendre chez vous, cette rencontre tout à fait fortuite va simplifier les choses.

Le père me visionne sans aménité.

— Fortuite, hein ? il ricane mochement, comme Méphisto quand il phélèse dans *Faust* au moment où ce dernier se met à bander pour Marguerite. En réalité vous nous suivez ! Voilà la vérité ! Comme si nous étions des malfaiteurs. C'est pas parce que je suis hélas le père de ce misérable que...

Oh ! dis, il est poivre, papa Prudent ! Sa deuxième bouteille de Richebourg est à marée basse et l'âme du picrate vocifère dans sa tête de porc persillée.

Il arrive pas à régler sa sono et ses paroles emplissent tout le restaurant.

Je continue de manger mon délectable en-cas, sans le quitter du regard. Il jacte comme quoi, quelle plaie du ciel, un vaurien comme il a eu, chouchouté par sa connasse de mère, élevé dans du coton, feignasse comme un boisseau de couleuvres et qui devait devenir ce qu'il est devenu, c'est-à-dire un assassin. La police a bien fait de le flinguer garenne, ce minable !

Ces dégueulasseries coupent net mon superbe appétit. Moi, tu sais mon culte de la famille ? C'est pas parce qu'il est beurré qu'il a le droit de déféquer sur la tombe de son fils, ce sale mec. Le Francis, c'est l'imaginaire qui l'a dévoyé. Il se racontait des fromages, se voyait superman en tout : champion de ceci, roi d'Espagne, gagnant de Roland-Garros, du Grand Prix de Monaco, remportant le Nobel de Physique, l'oscar du meilleur acteur, le prix Goncourt, la Transat en solitaire... Et puis, face à Gédéon le numismate, quand les bourdilles se sont pointés, il a continué de jouer. Cette fois c'était Dillinger ; alors il a balancé la sauce tomate et il s'est retrouvé avec du sang partout et la mort aux trousses.

La souris du gros marchand de boufferie tente de le calmer. Elle pose sa main libre sur le poignet du blondasse.

— Prudent, parle moins fort, les gens...

Prudent répond qu'il les encule, les gens, ce qui remet illico les nez levés dans les assiettes du voisinage. Je clape encore une bouchée. Il fait soif. J'écluserais bien une lichée de rouge. Mais c'est pas le moment de commander un flacon.

Quand le gros est à bout de souffle, je juge opportun d'intervenir :

— Ça y est, monsieur Télémard, on peut parler, vous avez terminé votre oraison funèbre ?

Il tente d'objecter, ne trouve rien de pertinent, et tute son fond de verre pour lui donner une nouvelle contenance. Sa femme me mange des yeux. Tu veux parier que je suis son genre ? M'est avis qu'elle doit pas s'amuser tous les jours avec un gros vilain pareil ! La manière qu'elle me soupèse les baloches juste en me regardant la braguette au fond des yeux me donne envie d'aller lui filer une petite troussée de sentinelle, aux lavabos, juste pour dire.

— Ecoutez, poursuis-je. Maintenant on va causer posément, à moins que vous préfériez que je vous convoque à la Grande Maison ? Je trouvais que c'était plus gai ici.

Le gars rengracie :

— D'accord, d'accord, mais je vous fais juge...

— Je ne suis que policier, coupé-je.

— Vous prenez quelque chose ?

— Un gorgeon de rouge pour faire passer mon sandwich.

Prudent hèle le loufiat.

— Martial ! Une autre !

Puis, d'un ton presque amical :

— Vous êtes connu, ici ?

— Maurice est un pote de longue date.

— C'est lui qui vous a prévenu que nous étions dans sa taule ?

— Pour qui le prenez-vous ? Le hasard, vous dis-je. Il est de notre côté, contrairement à la majorité des gens, lui, il aime les flics.

Nos regards se croisent. Je lui souris, il détourne le sien. Un pied frôle le mien sous la table. Dis donc, elle me charge à la cosaque, la deuxième dame Télémard. J'abandonne ma jambe gauche à sa chère droite. Autant faire ça que d'avoir de l'urticaire, moi je dis. Ça engendre des ondes agréables, des frissons... Ça picote, c'est bath.

— Bon, on cause, consent Télémard Prudent, on cause, mais je vous dis quoi ?

— Vous me parlez de votre fils.

— Vous tenez à ce que je me refoute en pétard ?

— Je tiens à ce que vous restiez calme, monsieur Télémard. Francis est mort, paix à son âme. Le pire des voyous a droit au respect quand il a cessé de vivre. J'ajoute :

— Et, malgré ce qu'il a commis, quelque chose me dit que ce ne devait pas être le pire des voyous. Un zozo, ça oui. Mais pas un mauvais.

— On voit que vous ne l'avez pas connu ! gronde le vieux bull-dog.

Martial radine avec sa troisième quille de Richebourg. Un picrate à cent mille anciens francs la bouteille, ses affaires marchent, à Prudent. Le loufiat procède au cérémonial du débouchage. Il flaire le bouchon comme un chien le trou du cul d'un autre, hoche la tête d'un air entendu, s'en verse une tombée mutine, mais Télémard père lui chope la bouteille brusquement.

— Oh ! merde, arrête ton cinoche à pigeons, on a soif ! déclare-t-il.

Il nous sert copieusement, sans se soucier du protocole de table.

— Santé, commissaire, car vous êtes commissaire ?

— En civil, mais en bonne et due forme.

Je déguste. Somptueux ! Je comprends pas que le duc de Bourgogne ait fait chier Louis XI avec des machins pareils plein ses caves !

Franchement, les Suisses ont bien fait de lui fendre la gueule à Nancy, il méritait pas mieux !

— Alors, Francis ?

— Ecoutez, commissaire. Je suis d'accord que les

morts, et surtout ceux de notre famille, ont droit à notre respect, n'empêche que mon fils était une ordure, une sale vermine de merde, et je le répéterai jusqu'à mon lit de mort. Evelyne, je te fais juge.

Il fait juge tout le monde, Cézigue-pâte.

La jeune femme, prise à partie, retire prestement sa main de mon genou.

— N'en parlons plus, soupire-t-elle.

— Moi, je ne demande pas mieux que de ne plus en parler, plus jamais, mais c'est M. le commissaire qui insiste ! grogne Prudent en se servant un nouveau godet.

A travers leur mic et leur mac, j'entrevois un bout du poteau rose. Suis prêt à te parier un gros bisou où je te dirai contre une tyrolienne à moustache où tu aimes, que le fils devait les empêcher de s'aimer en rond, les deux. Il prenait les patins de sa maman, comme souvent, comme toujours. Et, turellement, mister Prudent qui rompait des lances pour sa belle excitée tolérait pas les giries de son fiston. Air connu. La grosse bisbille des familles séparées. Dieu reconnaîtra les chiens.

Il a repris sa tartine de déconfiture paternelle. Il y va à la truelle pour crépir d'opprobre le petit malheureux :

— Si je vous disais que c'était la guerre entre nous. Il allait jusqu'à vouloir me faire chanter, moi, son père. Moi, son père ! MOI, SON PERE ! M O I, S O N P E R E !

Ad libitum. Tout ce qui reste de convives dans la salle se détronche. Le maître paf, mon bon Maurice, en a des frémissements sous la toque. Sa dame qui tient la caisse, une platinée distinguée comme une girl de beuglant américain, de celles qui nettoient les pare-brise avec leurs gros nichons, adresse des S.O.S. à la valetaille.

Moi, tout ça ne tombe pas dans l'oreillette d'un sourd, comme disait Barnard. Le fils qui le faisait chanter. Voilà d'où vient la haine du vieux, que même la mort du coupable n'a pas désamorcée. S'il le faisait chanter, c'est donc que papa Télémard a un pendu dans son placard, non ? A suivre. Sentant la gaffe du vieux picoleur, sa jolie jeune dame intervient :

— Tu exagères, Prudent. Te faire chanter, comme tu y vas ! Il faudrait que tu aies eu quelque chose à cacher.

— Disons qu'il essayait, bafouille l'amateur de Richebourg.

L'Antonio voltige dans ses rêveries. Tu sais quoi ? T'as pas remarqué ? Ça t'est passé au-dessus de la trombinette ? Mme Télémard *number two* se prénomme Evelyne. Comme la maîtresse de feu Chapoteur. Tu sais, il en est question dans la correspondance que sa dame entretenait avec sa potesse d'Annemasse. Dans les bafouilles de ladite, il est question d'une Evelyne B., je sais, mais enfin, la coïncidence est coïncidante, non ?

— Je peux vous demander votre nom de famille, madame Télémard ? m'enquiers-je.

Et ça tombe, pile comme j'attendais :

— Bastien.

Merci pour tout, Seigneur. J'essaierai de Te revaloir ça à la prochaine occasion. Tiens, j'irai à Lourdes avec Félicie.

— Quand avez-vous vu Francis pour la dernière fois ? demandé-je d'une voix distraite.

— Eh bien, c'est pas difficile...

— Il y a au moins un mois, coupe Evelyne vivement, sentant que son sac à Richebourg allait débloquer.

Le Gros manque de réflexes car il va pour protester, puis se ravise. Tu suis le développement de sa pensée sur son visage comme les péripéties d'un coucher de soleil du haut du mont Blanc (pour le versant italien Monte Bianco). La picole, ça aide pas. Je suis prêt à te parier la même chose contre ta montre qu'Einstein avait fini de cuver sa biture de la veille quand il a trouvé son zinzin à propos de la relativité du temps.

Le gros lard éloigne sa chaise de la table et se met en devoir de rechausser sa godasse gauche dont il s'était provisoirement débarrassé pour cause de cors au pied. Il geint, il s'évertue, il se hâte avec lenteur.

— Contrairement à ce qu'on peut penser, lui fais-je, la plus belle invention de l'homme, ça n'est ni la roue ni la pénicilline, mais le chausse-pied à long manche.

— A qui le dites-vous ! halète le futur podagre.

Je profite de ce que nous sommes provisoirement en tête à tête au-dessus de la ligne de flottaison de la table, Evelyne *and me,* pour me pencher sur son oreille finement ourlée et y chuchoter les choses ci-dessous :

— En partant d'ici, allez m'attendre au coin de la rue.

Elle bat des ramasse-miettes. Banco.

Le lardé se relève, plus que violacé, presque noir. Un de ces quatre morninges il va y aller du guignolet, l'apôtre. S'écrouler comme dans du Shakespeare.

— Avant de vous laisser, je lui dis-je, une dernière question : connaissiez-vous les relations de votre fils ?

Il blatouille du regard et des lèvres, comme si cette question le suffoquait. Et Dieu sait (moi aussi d'ailleurs) qu'elle est élémentaire.

— Rien ! il beugle. Moins j'en sais sur ce petit salopard, mieux je me porte.

Décidément, la perte de son garçon semble lui causer un vif plaisir. Drôle de cas. J'ai rarement rencontré une telle haine. Faut-il que le gars Francis lui ait fait chier la bite, à son vieux, pour planter dans son cœur une aussi implacable haine !

— Merci pour ce merveilleux vin, monsieur Télémard, et essayez de surmonter votre chargrin. Quand on a une jeune épouse exquise, on peut se payer d'autres mômes !

Une courbette Régence devant madame, et je vais serrer la louche du gars Maurice avant de m'emmener.

J'ai le cœur en fête, tout soudain. La biroute idem. Pour un peu, je m'achèterais une rose pour fleurir ma boutonnière, mais comme je redoute les décorations, mon tailleur ne me fait pas de boutonnière.

Oh ! dis donc : je l'avais pas vue en pied, l'Evelyne ! Attention, les châsses ! Tu te rappelles Dalida, il y a cinquante ans ? Ça ! Une silhouette à te couper le souffle et à te gonfler le manche à gigot ! *Mamma mia,* cette découpe ! Et la démarche, dis, tu la visionnes bien comme il faut, la démarche ? Ce balancement harmonieux, les roberts dardés, le dargif naviguant sur la mer Violette, comme le brave Ulysse. Ses jambes dont je ne savais encore que le contact, pourraient servir d'enseigne à un fabricant de collants. Elle avance, souple et décidée, majestueuse, son bras en écharpe ne contrarie rien de l'harmonie à médème.

Un joyau. Juste, ce qu'on peut lui reprocher quand on est super-puriste comme moi, c'est son expression antipathique. Mais en levrette, ça ne tire pas à conséquence.

Je l'attends, acagnardé à l'aile avant de ma chignole. Elle a le soleil pour elle. Il la tu sais quoi ? Nimbe ! Tu croirais qu'elle est prise au téléobjectif. Y a rumeur dans mon kangourou, espère ! Ça se bouscule à la sortie nord ! Popaul veut voir passer le cortège. Il grimpe sur les épaules de ses deux frangines pour mieux se pousser le col, l'artiste.

Bon, enfin la voici, la voilà ; présente, belle à se pisser parmi, comme disent mes chers Helvètes. Mon émoi est à son zénith ; tu croirais le gonzier qui joue l'hallebardier dans *Ruy Blas*.

La môme s'arrête, intriguée par mon immobilité mutismée.

— Vous vouliez me voir seule ? elle murmure cette petite chiasse, d'une voix de gaufrette.

Moi, y a des moments, je perds tout contrôle. Ni Dieu, ni maître, ou alors la moindre ! Voilà-t-il pas que je plaque ma main contre mon bénouze, là qu'il protubère sauvagement.

— Regarde ce que tu m'as fait, petite viceloque ! je lui dis.

Son regard s'incline de quarante-cinq degrés à l'ombre, avise le délit du corps et elle cesse d'être choquée pour admirer le panorama.

Je lui ouvre la portière.

— Allez, grimpe !

Elle monte. Il est trois plombes. Ma dulcinée, la Caroline série, est en train de prendre la pose sur le plumard : à genoux, la procession va passer ! Et moi, au lieu de courir l'escalader, infidèle comme Abd el-Kader, je me lève une dadame au débotté, la drive à vive allure jusqu'à la rue des Ivresses où un hôtel discret, plein de miroirs bien placés et de rideaux à tout jamais tirés, nous héberge moyennant une somme des plus modistes, comme dit Bérurier.

On n'échange pas un mot.

On est en plein gigue du culte, ou digue du cul, au choix. Because son bras écharpé, je l'aide à se dessabouler. Nue, elle est encore plus attractive, moi je dis. On rate plus rien : ni les tons de pêche, ni le velouté, pas plus que les ondes ensorcelesses.

— Reste habillé, toi, c'est plus excitant, qu'elle me dit, l'Evelyne.

Tu parles d'une !

Ses ordres sont des désirs et ses désirs des ordres.

Alors voilà que la fête commence. Ce que je lui

bricole en préliminaire audacieux ? Et le secret de la confession, mon enfant, t'en fais quoi-ce ?

Déjà que je te pisse deux cents pages format italien, interligne simple, et faudrait encore te faire goder pour le prix ? Non, mais tu charries, mon pote ! Tout ce que je peux te confier, sous le secret du sot, c'est que mes cinq sens (merci, Camille, de faire danser ma cabre) participent. Parfaitement, mon locdu : les cinq, pas un de moins, pas un de plus ! Le toucher, pas besoin de te faire un croqueton ; le goût, t'es à même d'imaginer ; la vue, elle va de soie ; l'odorat, fatal ; mais l'ouïe, hein, P'tit Louis, l'ouïe ? T'as déjà baisé avec l'ouïe, ta pomme ? Tu te demandes, non ? Je passerai t'expliquer, un matin où j'ouvrirai pas le magasin. Toujours est-il que c'est merveilleux (en anglais : *marvellous*) (1). La preuve, tu l'entends chanter victoire, la mère ? T'as déjà écouté une tyrolienne de sommier aussi stridente ? De Gaulle, quand il égosillait *la Marseillaise*, mettait moins de cœur, et pourtant il en affurait des droits d'auteur à son pote Rouget de l'Isle ! Que c'est tout juste, en revenant des chiches, s'il déclarait pas : « Et maintenant, tous ensemble, nous allons chanter l'hymne national : *la Marseillaise !* » C'était une nature, un baryton basse, je crois. Et puis il aimait la France, quoi ; depuis qu'elle est veuve, elle rabougrise la pauvrette, faut convenir. Je conviens. Pourtant, de Gaulle c'était pas mon *foot*, j'ai jamais donné dans les idoles, je préfère le calandos. La grandeur c'était son chant du cygne, je suis bien d'accord. Ça devient tout mignard, ça foutrique à outrance, on doute même de ses souvenirs. Bientôt, Napoléon aura été corse, juste corse. Et Louis XIV n'était que son frère jumeau. On s'abîme, c'est les méfaits de l'âge. Elle est devenue pomme de reinette, la

(1) *L'une des qualités de San-Antonio, et non la moindre, c'est qu'il est toujours instructif.*

(Note du Pommier miniss de l'Oulala).

France. Morille desséchée. Toile d'araignée désertée. Elle rouille malgré qu'on la peigne au minium. C'est déjà devenu autre chose, qu'on sait pas encore bien quoi, ni où ça va ; ni ce que ce sera quand ce ne sera plus. On est là, deux trois, pas plus, à tenter de déconner encore, style Gavroche ; mais ça ne change pas grand-chose. La vermoulance l'emporte. Ça a encore les couleurs de la France, le goût de la France, mais c'est du Canada dry !

Et moi, en attendant d'entrer en agonie, nous tous, de verger dame Télémard bis superbement. Duguesclin aurait pas fait mieux. Je la monte avec élégance, duc d'Aumale, pas trop meurtrir son cher bras. Elle exprime sa contentance, ainsi que j'ai eu l'honneur avantageux de te dire quelques paragraphes en amont.

Une chouette peignée pure laine (du pingouin, car je n'y mets même pas les mains). Y a des glandus qui me croient obnubilé, à force que je cause de ces superbes vergeances. Je les plains. Tant pis pour eux de pas utiliser les biens de nature. Reusement, d'autres me complicent. Ils savent de quoi je cause, biscotte ils raffolent de l'embroque, eux aussi. Ils savent que ça représente l'infini terrestre. Celui des caniches dont parle Céline, probably, mais bon à prendre. D'ailleurs, j'aimerais savoir, le grand Céline, s'il était réellement queutard ? Quelque chose me porte au doute. Je me dis qu'il aurait comporté différemment s'il avait pratiqué la tringlette à outrance, comme je.

Quand on est partis pour l'apothéose, qu'on y est parvenus au coude à coude (y a photo !).

Elle retombe sur le lit ravagé par son dur métier, comme retombe un soufflé sorti du four, si tu veux bien admettre cette image scabrante. Elle est parcourue de superbes frissons, tu croirais le pelage, pardon, la robe, d'une pouliche de race agitée par l'imminence de l'étalon.

— Merveilleux, remercie-t-elle, c'est un peu fou ce qui vient de nous arriver, non ?

— Ne l'avez-vous pas provoqué ? objecté-je en toute bonne foi.

— Si, admet Evelyne. Il y a en vous un je-ne-sais-quoi de magnétique qui m'a immédiatement conquise.

Merci, médème. Je suis un gonze qui t'adore.

Je baisotte sa bouche encore haletante. Puis, tout à trac :

— Chapoteur possédait aussi ce magnétisme ?

Tu verrais ce changement à vue ! Le seau d'eau froide entre les jambons ! Comment qu'elle redescend sur terre, la déesse, papa ! S'y pose en catastrophe, l'œil enflammé, les lèvres mauvaises. Pas gentille, Mme Télémard, quand on la cherche. La désilluse qui lui fait cet effet. Elle se croyait régnante, tu comprends ? Séductrice triomphante. Une papouille sur ma jambe et elle me violait sans coup férir, pourquoi on aurait coup-féru, cela dit ? Et puis, bien gavée de belle bitoune bien fraîche, voilà qu'elle constate que son beau trousseur de la forêt viennoise n'est qu'un fumier de flic. Rude secousse ! Elle n'hésite pas :

— C'est un interrogatoire ?

— Si c'en est pas un, c'est son cousin germain, ma chérie. J'ai des moutons, moi, auxquels je dois revenir après cet intermède délicat. Navré de me montrer professionnel, mais je suis confronté, comme on dit puis, à un sac d'embrouilles avec ce sacré trou de balle de Francis, et je dois démêler l'écheveau.

— Ma vie privée ne regarde que moi et n'a rien à voir avec vos histoires de poulet !

— Donc, vous admettez avoir été la maîtresse de feu Chapoteur, lequel a péri bien tristement, n'est-ce pas ?

Elle saute du lit rageusement, va se blublutionner, ainsi qu'il sied quand on est une dame bien élevée qui s'est laissé interpréter l'*Introduction du Morceau de Faust* dans l'ouverture de *La Fille de Madame Angot* (à la communale on se marrait drôlement avec cette calembredaine, ça nous faisait toute la récré). Puis elle entreprend de se rhabiller, fébrilement.

— Vous avez tort de prendre ça mal, Evelyne, je lui déclare avec une grande bonté ecclésiastique dans l'intonation ; vous me voyez allant chez vous pour vous poser ce genre de questions en présence de votre gros sac ?

— Salaud ! me répond-elle.

— Et dire qu'il y a moins de cinq minutes vous m'appeliez « chéri », amertumé-je. Voyez-vous, ma douce amie, l'existence est un pensum et il convient de renouveler souvent les instants que nous venons de vivre dans cette misérable chambrette.

« Alors, vraiment, vous refusez de me parler de Chapoteur ? »

— Je n'ai rien à en dire.

— Un homme qui a failli ruiner son foyer pour vous ! Elle ne met pas de soutien-loloches heureusement, car je ne vois guère comment elle saurait l'agrafer avec son bras blessé.

— Je vous méprise ! me déclare la houri. On ne se comporte pas avec une femme comme vous venez de le faire : la séduire pour, aussitôt après, la harceler de questions, voilà qui est indigne d'un homme !

« Vous... vous n'êtes qu'un salaud de flic avec une bite. Une ordure ! Une... un... »

— Laissez le reste en blanc, je le remplirai à tête reposée, fais-je ; j'ai chez moi un dictionnaire des synonymes. Malgré vos jolies insultes, je voudrais vous faire un cadeau. Quelque chose me dit que vous l'apprécierez.

Je vais prendre dans la poche de mon veston, jeté à la diable sur un siège, la boîte de pastilles contenant le doigt coupé.

La manière péremptoire dont je la lui présente, fait qu'elle s'en saisit.

— Ouvrez !

Elle ouvre.

— Une greffe me paraît bien tardive, dis-je, mais sait-on jamais !

Elle s'évanouit.

Pas du chiqué, je t'affirme.

Ne crois pas à un évanouissement de théâtre ! « Ciel, madame la comtesse ! Vite, mes sels ! » Ils étaient drôlement émotifs, jadis, et tombaient dans les quetsches pour un *yes* ou pour un *niet.* Les dadames avaient leur petit flacon Cartier dans leur manche : un coup de reniflette pour sortir du sirop ! Les pauvrettes, si elles revenaient, dis donc, avec la vie actuelle, bourrée de tous les meurtres, viols, hold-up, insanités, arnaqueries, dégueulasseries possibles et imaginables, ce serait le boulevard des allongés ! On enjamberait des troupeaux de bourgeoises, serrées comme sardines en boîte le long des trottoirs.

Evelyne, pour t'en revenir, sa syncope n'est pas feinte. C'est du textuel pur fruit. J'ai du mal à la récupérer. Des baffes, de l'eau fraîche, des massages mammaires, le grand jeu, quoi !

Enfin elle rouvre ses châsses et pousse un cri d'horreur en me voyant.

En loucedé, je ramasse son annulaire et le replace dans sa boîte.

— Allons, allons, ma grande fille, vous voyez bien que nous devons bavarder ! lui dis-je. En tout cas, je vous tire mon chapeau, avoir un doigt sectionné de fraîche date et s'envoyer en l'air aussi magistralement, ça sous-entend des dons particuliers. Votre joli cul est béni des dieux grecs !

Je la prends dans mes bras. Oh ! hisse ! L'arrache de la moquette pour aller la déposer sur le lit.

— J'ai l'impression que vous avez vécu une bien sombre aventure, murmuré-je en caressant ses tempes moites.

Elle se fout à pleurer.

C'est bon signe !

Une heure plus tard, soit aux environs de seize plombes et demie, je me pointe rue de Richelieu pour si, des fois, la môme Caroline continuait d'implorer Allah en m'attendant toujours. Il existe des forcenées du rendez-vous. Des nanas obstinées qui espèrent coûte que coûte et bouffent du lapereau pendant des heures, certaines que l'élu finira par se pointer. Quelque chose me dit que ma fée radadeuse appartient à cette splendide catégorie qu'on ne décorera jamais assez de l'Ordre du Mérite, voire de la Légion d'honneur, auxquels je joindrais volontiers le grand cordon rouge de Mumm pour faire bonne mesure ; plus la médaille de l'ordre des Enculés de Frais dont je tairai le nom du grand chambellan pour ne pas avoir de procès.

Me voici au comble de l'essoufflement, dans ceux (les combles) de l'immeuble, là qu'on logeait les bonniches au temps où l'esclavage existait encore.

Comme indiqué sur sa missive, la chère petite n'a pas fermé la porte. J'ai préparé un argument pour lui faire une visite éclair : boulot, ça urge, le ministre de l'Intérieur m'attend en deuxième file, etc.

Et pourtant, sans me vanter, ni m'être éventé, déjà des instincts animaliers me reviennent à bride que veux-tu, et à couilles abattues. Remettre le couvert avec une seconde donzelle est d'un envisagement plutôt plaisant. A toi, Ninette, à toi, Poupette ! Un coup dans la case

Trésor, un coup dans l'écrin à bagouze, tu voudrais mieux, ta pomme ?

Je pousse la porte.

Elle est là.

Et à genoux, comme promis, cette pieuse.

Toutefois, j'enregistre quelques singularités que je vais me faire un plaisir de te confier moyennant un petit porto vintage (majeur de préférence).

Elle est ligotée dans cette position au moyen d'un fil de nylon (ni carré, ni pointu). Le lien dont je fais état (Louis XIV, c'est lui !) passe sous la pliure des genoux, puis va décrire un tour à son cou pour ensuite revenir aux jambes et repartir vers les bras qu'il emprisonne. Deux oreillers superposés sont placés sous le ventre de ma dulcinée, ce qui lui permet de garder sa posture imploratoire sans efforts particuliers. Autre détail, cruel, peu correct, et que j'ai longtemps hésité à te communiquer, de peur qu'on ne me traite de sadique ; cela fait trois mois que je me tâte, et puis, mon souci de la vérité l'emportant (c'est la rose), et ayant, comme tu le sais, une conscience professionnelle taillée dans la masse, je me décide à te livrer cette constatation, mais attention, mon pote : que ça reste entre nous, surtout ! Cette révélation, qu'à peine si j'ose la dire tellement c'est bas (Brassens) me fait monter le rouge du front à la honte.

Non seulement ma Caroline d'amour est ligotée, mais en outre elle est bâillonnée que soit, on peut l'admettre, seulement, il y a bien plus mieux pire : on lui a enfoncé dans un endroit exquis de son individu où j'emmène Popaul en vacances une pendulette de marbre, style neuchâtelois, donc forme phallique, je l'admets, mais dont les arêtes sont vives.

Faut-il être sadique pour inventer un tel supplice, ou horloger ! Faut-il être privé de toute dignité ! Faut-il mépriser la femme ! Comment se peut-ce ? C'est une énigme pour moi qui raffole le beau sexe, au point que je me soupçonne d'avoir été selle de vélo de dame dans une vie antérieure !

J'entreprends de délivrer ma douce amie de cet excédent de bagages, combien intempestif ! Je procède avec une délicatesse obstétricienne.

Que ça y est, *exit* la pendule. Elle continue imperturbablement de marcher, n'étant point à balancier nonobstant sa forme. Quel bel exemple, venant d'une pendulette, que ce stoïcisme, ce sens du devoir, rigoureux à la seconde près ! L'émotion me gagne. Pour réagir, je débâillonne Caroline.

Douce amie, défaillante, dolente, meurtrie, honteuse.

J'achève de la délivrer, l'allonge sur le lit. La presse dans mes bras, et aussi de questions. Qu'est-il arrivé, ma tendre ? Qui a osé me remplacer au pied levé par cette pendulette ? Et pourquoi ?

Avant de répondre, elle me conjure de lui faire couler un bain, ce dont.

Je la porte jusqu'à la baignoire où l'onde tiède calme, non pas son orgueil bafoué, mais son intimité malmenée.

Et alors, ça vient doucettement, fur mesure qu'elle dédolore.

Peu avant 15 heures, elle est arrivée dans la chambre, s'est déguisée en Eve-d'avant-la-pomme, a adopté pour m'accueillir la posture promise sur sa lettre.

Quelqu'un est arrivé. Elle a cru que c'était moi. Elle a eu ce frémissement avant-coureur que tu connais parfaitement, petite dévergondée, malgré ton regard innocent. Des mains ont parcouru son corps. Elle s'est mise à entamer une roucoulade. Et puis, comme elle commençait déjà à larguer les amarres pour s'écarter du môle, elle a reçu une formidable claque sur les meules et une voix lui a dit avec un accent étranger : « Bon, c'est pas le tout, ma pute, il faut qu'on discute ! »

Son cri ! Sa stupeur. Le sang qui fait qu'un tour ! Son

cœur qui lui grimpe dans le gosier ! Le reste ! Horreur ! Abomination ! Ce n'était pas moi, mais deux types, des basanés, l'un deux avait un bonnet de laine, des lunettes noires, une forte moustache... Tu m'entends, joliette. Encore lui ! Toujours lui : le Fantomas du métro et de la voiture piégée. Lui, l'intrépide, l'insolent tueur défiant toute police, toute concurrence, et tout ce que tu voudras, merde !

Mais c'est donc Satan en personne, ce zig ! Est-ce qu'il va-t-il me défier longtemps z'encore ? demanderait Bérurier.

Et que voulait-il ?

Ceci : la veille, un type a été flingué sur le toit. Avant de valdinguer vers les pavetons, il a eu une brève converse avec l'amant de Caroline, lequel, dans les occurrences, se trouve être moi. Que m'a-t-il dit ? Que Mathilde d'Y ? Réponds, salope, ou je te crève !

Elle jure ses grands dieux. Elle sait rien, elle était sur le lit, en pâmoise intégrale, laissée en rade cruellement à cause de cet intermède.

Les deux hommes se fâchent. Tu sais quoi ? La pendulette ! Monstres, va ! « On va mettre ton cul en montre ! » ont-ils le pâle courage de plaisanter. Et ils lui font subir le supplice que j'ai pris la responsabilité de te narrer ci-devant. Elle pousse des cris d'or frais. Mais dans la journée, personne n'occupe cet étage ancillaire ; y a que la petite maâme Braguet qui vient s'y faire bricoler l'existentiel. Alors elle révèle une chose, la seule qu'elle sût : en revenant de ma promenade sur le toit, j'avais une petite boîte entre les dents. Et voilà. Peu après, ils l'ont abandonnée après l'avoir ligotée comme décrit dans le procès-verbal joint au dossier.

Elle sanglote.

— Que vais-je dire à Albert ! lamente-t-elle.

Je crois comprendre qu'il s'agit de son époux.

— Explique-lui que tu as glissé en lavant ta cuisine et que tu as fait le grand écart sur la bouteille d'Ajax ammoniaqué, lui conseillé-je, non sans marquer une certaine humeur.

Car, vois-tu, les femmes sont ainsi : le zob d'autrui n'altère pas leurs relations matrimoniales, mais une malheureuse pendulette, si ! O cruelle ironie ! Elles commencent à me plumer aussi, les donzelles. Je sens qu'on arrive en bout de piste, elles et moi et que je vais également prendre mes distances avec elles. Amour toujours ! Encore ! Plus vite ! Mais y a Albert, ce con, qui garde la clé du champ de tir. Elles ne quittent pas leur confort conjugal, mais seulement leur culotte. Pour elles, l'absolu, c'est la jouissance de l'instant. Alors y a toujours un absolu au feu, tu comprends ? Elles le regardent gonfler à travers la vitre du four. Mais quoi, dans l'ensemble elles baisent bien, c'est l'essentiel.

— Ma belle âme, je vais te conduire chez ton médecin.

Elle secoue la tête :

Non, non, inutile, elle a ce qu'il faut pour se lubrifier : baume et onguents, désinfectants.

— Ces deux hommes, cela t'ennuierait de m'en parler ? Description, accent...

Elle ferme les yeux.

— Je vais peut-être te surprendre, mais l'homme au bonnet n'est pas un Méditerranéen. Quand il était penché sur moi, je me suis aperçue que ses cheveux étaient teints ; en réalité, il est blond. D'autre part, je crois que sa moustache est postiche. En tout cas, il a les yeux bleus, je les ai aperçus par-dessus ses lunettes. Quant à son accent, bien qu'il s'efforce de le travestir pour qu'on le croie maghrébin, je suis certaine qu'il est plutôt slave.

— Bravo, mon cœur, tu es très courageuse. Et le second ?

— Lui, il est resté en retrait. C'est l'homme de main, le garde du corps silencieux. Il avait le matériel : le fil pour m'attacher, le couteau pour le trancher, le sparadrap pour me bâillonner ; il passait les ustensiles au bonnet de laine sans qu'il eût à les lui demander, un peu comme un interne passe ses instruments au chirurgien.

Elle réfléchit et ajoute :

— Son bonnet de laine est trop voyant pour qu'il ne le porte pas intentionnellement, afin de se faire remarquer sous cet aspect.

Elle se tait.

Un bruit sourd, accompagné de craquements nombreux, se fait entendre au-dessus de nous.

QUELQU'UN MARCHE SUR LE TOIT !

Qu'aussitôt, l'Antonio dégaine son pote Tu-Tues.

Paré à la manœuvre. Dis, c'est un boulevard à forte circulation, cette toiture ?

Je me tiens aux, tu sais quoi ? Aguets ; comme la communauté quand elle est réduite, la pauvre.

Et alors un fracas retentit. Un cratère s'ouvre brusquement au-dessus de nos têtes, une masse sombre traverse la charpente et s'abat dans la chambre. On aperçoit le ciel, par-dessus le toit, si bleu, si calme.

C'est fumant de gravats, de bois brisé, de ceci, voire aussi de cela. La masse remue, s'agite, peste.

Je reconnais avec la stupeur que tu devines, et si tu ne la devines pas, t'as qu'à donner ta langue au chat, bien qu'elle ne soit pas ragoûtante ; je reconnais, reprends-je, mon éminent directeur, M. Alexandre-Benoît Bérurier, fortement contusionné et loqueté par sa traversée du toit.

Il crache blanc, se dépêtre, redresse, se brosse hâtivement de la main pour s'ôter le plus gros, considère avec navranche l'accroc de soixante centimètres survenu à la jambe droite de son pantalon, de même que sa manche gauche complètement arrachée qui lui est devenue bracelet.

— Ah ! v's'êtes laguche, commissaire, il murmure. J'sus très aise d' vous rencontrer. J'passais su' c' toit à la con, histoire d'm'assurerer que le flingueur d'hier a pas laissé des bricoles dont elles pourraient êt' intéressantes ; et puis v'là que la charpente vermoulée déclare forfait sous l' poids d' mon poids pourtant raisonnab'. Comme quoi, Paris s' fait vieux.

Il avise Caroline qui continue de macérer dans sa baignoire.

— J'vous montre mes hommages, mahâme, dit-il. La manière qu' j'ai entré n'est pas procolaire, mais un incident d' parcours, on peut rien cont'.

L'instant me semble propice à une narration, voilà pourquoi, délaissant tout subjonctif par trop poussé, tout vocabulaire hermétique, toute liaison audacieuse, je résume à mon Illustre ce que tu viens d'apprendre grâce à la priorité que t'accorde l'achat de cet ouvrage dont ta descendance sera fière, crois-moi, comme M. le comte de Paris-Lyon-Marseille est légitimement (c'est le terme) fier du paquet de Bourbons qui l'a précédé.

L'acquisition d'un San-Antonio, de nos jours, paraît un acte négligeable ; mais bouge pas, l'aminche : attends deux ou trois siècles et tu vas voir la montée en flèche de ces chefs-d'œuvre à la Bourse des bibliophiles. J'ai pas de conseil à te donner, d'ailleurs, je n'ai absolument RIEN à te donner, mais si j'étais à ta place, j'achèterais toute l'œuvre, je la ferais emballer sous vide, pas qu'elle charançonne, et la déposerais dans un coffiot de banque, suisse de préférence, vu qu'en France, les c.-f. ne sont guère mieux protégés que les cabines téléphoniques ou les pissotières de gare.

Béru écoute mon récit, hoche la tête, se penche sur la baignoire et murmure :

— De l'huile d'olive vierge, mahâme, c'est tout ce dont j'vous r'commande. Un soir qu' j' folâtrais av'c ma bergère, comme d'habitude, j'm'ai coincé les tessicules dans l' tireroir de not' table de nuit, tout à fait par mes gardes. J'avais les parties violettes, d' puis le paf jusque z'aux burnes. Eh ben c'est grâce à l'huile d'olive que j' les ai r'eues. Vierge ! Je vous précise. J'connais une p'tite épicerie italoche dans ma rue, qu'on en vend de l'esquisse ; je vous donnerai l'adresse. Mais bon, cher commissaire, retournons à l'affaire qu'est su' la selle. Y l'est évident qu'vot' loustic en bonnet d' laine nous mène en barlu et qu' ça commence à atteignir la limite du hors-jeu.

« Si vous voudrez l'avis d' vot' directeur, qu'est pas la moitié d'un con, v'l'savez, ce nergumène manipule une bande qu'a la main misée su' l'ensemb' de cette combine aussi saugre que grenue. Y caracole trop, l' frère, ça va lu jouer un tour d'à notre façon, j' vous prédille. Chère maâme, j' vous promets qu' d'ici pas longtemps, c'est lui qui l'aura dans l' cul, et c' sera pas une pendule ! Bon, commissaire, juste avant qu' je quittasse mon état-major, l'officier d' police Sabarde a tubé, comme quoi la mère d' l'assassin, Mame Télémard, venait d' s'embarquer pour l'Espagne av'c sa femme d' chamb'. Comme il avait aucune raison d'l'intercéder, y l'a laissée partir et tandis qu' j' cause, ces deux gonzesses ronronnent dans le vol de Madrid. Vous y comprenez-t-il quéqu' chose ? »

— Je pense, monsieur le directeur.

— Alors dites-y-moi.

— Mme Télémard se trouvait sous surveillance. Sa femme de chambre était en fait une geôlière placée dans sa maison par la bande du bonnet de laine.

— Dans quel bute ?

— Je l'ignore encore.

— Eh bien ! ignorez-le-le pas trop longtemps ; j'vous répète que j'veux esposer tout l'topo à l'Elysée en y allant casser la graine. V'savez combien est-ce ces tueries d' flics agacent not' cher président ? Il a beau s'êt' fait limer les chailles, ça les lu fait grincer quand il apprend qu'un d' nos chers nous s'est fait fout' en l'air par des vauriens. Là-dessus, j'continue d'investiguer ; dès qu' je me remets à l'étau, ça fonctionne mieux. Petite mame, soignez-moi bien c' te jolie chatoune, j' vous prille. Quand on est cis'lée comme vous voilà, on peut pas boucler son mignon magasin trop longtemps pour cause d'inventaire.

D'une ultime pichenette, il chasse un brin de plâtre accroché aux poils de son oreille, esquisse un salut dartagnesque et s'éclipse.

On entend vibrer son pas d'adulte dans l'escalier.

L'espace de trois marches seulement, car il s'arrête et m'hèle :

— Hé ! commissaire !

Je m'empresse.

Le Mastar sort de son gousset une pièce de monnaie. Tu crois qu'il remonterait pour me la montrer ? Fume ! Il attend, comme un banquier de l'*Assiette au Beurre*, en pelisse et gibus, attend que le mendigot vienne enfouiller son obole.

— Regardez-t-il voir un peu, ce que j'ai découvré su' c' putain de toit pas plus solide qu'un clavier de lapins.

Je cueille, examine.

Il s'agit d'une pièce grecque. Une tétradrachme représentant la tête d'Hermès à l'avers et un bouc au revers.

— C't'un bouton de blézeur ? demande Sa Majesté inoubliable.

— Pas encore, fais-je, mais ça peut le devenir. Vous me le confiez, monsieur le directeur ?

— Je vous, mais perdez-le pas, c't'un' pièce qu'a des convictions, déclare l'Important.

Cette fois, il s'évacue, content de soi.

Y a une araignée qui dit à une autre :

— C'est samedi, et si on se payait une toile ?

Je rigole tout seul, d'avoir trouvé ça. Depuis un temps déjà, si tu veux te marrer, apporte ton manger, mais ne compte plus sur les autres. Ils sont à bout de connerie et de tristesse, sinistres en plein, à la toute dernière extrémité du lugubre. Ils raclent leur pus, avec un morceau de cruche cassée, mais il en sort de plus en plus, comme d'un fromage à raclette à mesure que le feu le chauffe. Alors moi, bon, manière de pas dépérir, me momifier, de temps en temps je m'offre une mignonne calembredaine, une boutade intime, un à-peu-près, une pitrerie mentale. Ça soulage. T'as l'impression de vivre encore. Je les regarde aller venir, ces odieux, je me répète mon calembour, ma facétie à la mords-moi le zob, et c'est comme si je leur disais un « merde » franc et massif, venu du cœur et de plus loin encore. Depuis que je les ai répudiés, j'autorigole davantage. Une complicité se crée entre moi et moi.

Me voici installé dans un minuscule auditorium de FR 3, face à un poste de téloche équipé d'une vidéo. L'impression d'être au ciné.

Mon pote Mazureau, à qui je me suis adressé, a cru bon de se joindre. Je l'ai connu y a du temps ; il faisait journaliste de la presse écrite à l'époque et m'a consacré quelques papiers. Il est beaucoup plus âgé que moi, et même vieux tout court, pratiquement. C'est ça le drame. Les mecs, tu les perds de vue un instant et quand tu les retrouves, ils sont nazés par le temps, avec des yeux plissés comme deux trous du cul. Les prunelles ont acquis une étrange brillance, comme si le mec venait de se réveiller après un soir de libations. Aux tempes, c'est plissé soleil, nature. Et toute la gueule exprime une mystérieuse fatigue. Ils n'en sont pas conscients. Ils se croient toujours d'attaque, frais et sémillants. Mais, ouitche, ils sont passés de l'autre côté et les voilà dans le camp des usagés, avec des foies qui se mitent en douce, des poumons pleins de taches vilaines, de prostates hypertrophiées, des rhumatismes bloqueurs et, surtout, des regrets à n'en plus pouvoir, des regrets à chier plein le lit conjugal. Là, je t'avoue, j'ai encore un brin de compassion. C'est pas du vrai altruisme, plutôt une espèce de peur devant la réalité implacable.

Ils me filent les jetons, avec leurs connes de rides, leur souffle encombré, leurs yeux jaunes et cette infime tremblote qui sournoisement les empare, mine de rien. Regarde-les tenir leur cigarette entre deux doigts : la sucrette, mon pote ! Pour *Parkinson land,* en voiture s'il vous plaît !

Faut plus qu'ils se mettent en short, les gus, surtout plus, je les supplie ! Qu'ils planquent leur viandasse fripée, leurs veines remontantes qui les rendent bleus comme des paquets de Gauloises. Hou, les moches vilaines gens ! A la casse, vite vite. Les lilas refleuriront plus, *never, never !*

— Envoyez ! dit Mazureau au technicien.

Le préposé appuie sur un bitougnot, un seul.

Des zigzags se mettent à incohérer sur l'écran ; des chiffres sans signification fulgurent. Et puis bon, l'indicatif des informes retentit et la dadame présentateuse paraît, l'air sage, genre institutrice contrôlée par l'inspecteur. Elle regarde plein objectif, non pour mater la

France au fond des yeux, mais pour lire son déroulant, si pratique.

Elle raconte tout bien, comme quoi les fusées Machin, et la Chine qui ceci-cela, et puis môssieur le Pommier sinistre qu'a eu un entretien d'une heure avec le chef d'Etretat ; et enfin un hold-up rue de Richelieu dans des circonstances qui que quoi dont où.

Ensuite les images radinent et chaque rubrique est traitée en détail. Je me farcis les fusées ricaines en attendant de prendre les fusées russes sur la poire ; je visionne M. Tieng-Fum', nouveau président de la Soupe populaire, pardon, je voulais dire de la Chine populaire ; j'admire les grains de beauté de môssieur le Plumier missile ; et nous attaquons la rubrique qui m'intéresse. Puisque mon éditeur, fin lettré, homme intègre mais assez près de ses sous, n'a pas jugé opportun de faire installer la télévision dans ce livre sous le fallacieux prétexte que cela pourrait distraire le lecteur, force m'est de te décrire les images au lieu de te les montrer. Ça va consommer de l'encre et du papier, mais que mon éditeur assume donc les frais engendrés par son sens de l'économie. Je déplore simplement qu'on doive abattre quelques arbres supplémentaires afin de confectionner la pâte à papier requise pour cet excédent de texte. Mon beau-sapin-roi-des-forêts-que-j'aime-ta-verdure, c'est toi qui en pâtiras, mais pour compenser, je me ferai confectionner un cercueil en polyester. Bon, où en étais-je ? Oui : à la rubrique du hold-up Richelieu. Le reporter livre un boulot concis. Les locaux du numismate. Les traces de balles. Les flaques de sang. L'évacuation du blessé sur une civière. La déclaration de Gédéon Mollissont, en G.P. il raconte l'agression. Son récit est conforme à celui qu'il m'a fait. L'escalier dans lequel s'est engagé le meurtrier. Le toit. Et puis la rue de Richelieu, vue en perspective plongeante. Avec le corps sous son journal. Illico *after*, gros plan de Francis Télémard, disloqué sous le pauvre journal agité par un courant d'air. Le reporter termine en passant plein écran la photo du mort, tant mal que bien arrangé par nos services pour tenter de lui donner une apparence conforme à celle qu'il avait vivant.

Après quoi, on a droit à un match de championnat de foot, Nantes contre j'sais plus qui. Un but marqué de la tête à la quatorzième minute par Salmigondis sur une passe de Tupulame. Puis l'homme-grenouille de service vient nous promettre des trombes d'eau pour demain, et bonne nuit tout le monde.

— Ça te va ? me demande Mazureau.

Il paraît guilleret comme s'il s'agissait d'un film réalisé par lui.

Je fronce le nez.

— Je voudrais revoir ça, dis-je. Simplement la séquence hold-up, le reste, tu peux l'envoyer à la cinémathèque du Zoulouland.

Mon vieillissant ami donne des instructions au technicien, lequel est cependant en possession de son C.A.P. de rembobinage.

— Puis-je vous demander d'arrêter la projection quand je crierai « Stop ! » ? formulé-je aimablement.

Vachement maussade, le copain. Je le fais chier, ça se voit comme l'Arc de Triomphe depuis le carrefour George-V. Et quelque chose me dit qu'à peu près tout le fait chier ; mais en bouffant beaucoup de riz cuit à l'eau ça pourrait s'arranger, faudra que je lui en parle.

Je considère son mutisme comme une réponse favorable. On repart. La porte de verre « Gédéon Mollissont, numismate ». Les impacts de balles. La flaque de raisin qu'on dirait presque du goudron. Le beau visage sanguin de mister Gédéon, important, encore essoufflé par l'émotion. Héros d'un fait divers, qui s'efforce à la sobriété. Que dit-il ? Il parle de sa valeureuse collaboratrice, propulsée brutalement dans son bureau. L'homme armé lui enjoignant d'ouvrir le coffre. L'intervention des policiers. L'agresseur qui fait volte-face et ouvre le feu. Nouvelle fusillade dans l'entrée.

— Stop !

Le grogneux arrête.

Je mets ma main en écran devant mes chères prunelles. Dans ce que je viens de voir et d'entendre, quelque chose pouvait-il induire Mme Chapoteur au suicide ? Réponse spontanée du commissaire Santantonio : non ! L'évocation des événements, faite par son patron, a quelque chose de presque dédramatisant, à cause de l'emphase du gros glandu. Ce qu'il nous révèle est épique, mais, raconté par lui, ça devient banal comme l'explosion d'un chauffe-eau à gaz.

— Continuez, je vous prie.

Le technicien de faïence relance la bobine. On voit l'escalier, filmé en plan subjectif par un cameraman qui le gravit rapidement pour restituer l'idée de fuite. R.A.S. Le toit ! Il est par-dessous le ciel, si bleu, si calme ; j'adresse une pensée émue à la tendre Caroline que j'étais en train d'astiquer vilain sous cette étendue grise. Plan de la rue. Il n'a pas été pris depuis le bord du toit, c'eût été trop risqué, mais d'une fenêtre de l'immeuble, ce sont là les petites astuces du métier. Vision du corps, au fond du gouffre. Coup de zoom pour le rendre plus présent. L'image est saisissante. Ce corps disloqué, mal dissimulé par un journal. On passe au gros plan dudit.

— Merde ! tonné-je. Revenez un poil en arrière, cher ami de la technique. Retrouvez-moi l'instant où l'objectif part du plan d'ensemble de la rue pour grossir sur le cadavre. Tenez-vous prêt à stopper pile sur l'image que je vous indiquerai.

— T'as trouvé ton fromage ? demande Mazureau.

Au lieu de lui répondre, je me rapproche de l'écran, m'accroupis face à lui.

— Allons-y !

Après avoir rembobiné quelques centimètres, le ronchon fait repartir. Bon, le corps avec le journal, mais ce n'est pas lui qu'il faut regarder. Ce que mon sub, davantage que mon œil, a capté, se tient sur la droite de l'image.

— Toooop !

Le gars arrête.

Je me remets droit d'une détente de chamois sautant par-dessus le garde forestier en train de baiser une bergère.

Une fois de plus, encore et toujours : bravo San-Antonio !

— Tu as l'air d'être joyce cinq sur cinq, note Mazureau avec satisfaction, car le bonheur d'autrui ne fait pas peine à voir lorsqu'on y contribue...

— Affirmatif, dis-je. Merci, les gars. Je vous souhaite un joyeux anniversaire à tous les deux.

— Mathias a demandé que vous le rappeliez d'urgence à Annemasse, commissaire, j'ai noté le numéro.

Je remercie l'inspecteur Morticole d'un hochement de tête plein d'agrément.

Affalé à mon bureau, je ne me presse pas.

Les coudes largement écartés, le menton dans le creux de mes mains jointes, je considère de près les objets encombrant la surface du meuble : un encrier ancien, un tampon buvard d'avant les guerres, un cendrier ébréché, une boîte à crayons, un numéro de *Lui,* un tube d'aspirine, le *Nouveau Petit Larousse* en couleurs dont la couvrante se fait la valoche, des pointes Nord-africaines (y en a classe d'appeler ça des pointes Bic, merde ! On est presque en l'an deux mille, non ! La guerre de rétrocession, elle est finie depuis lulure !), une carte de l'Italie, le dernier Guide Coup du Milieu (1),

(1) *San-A. qui écrit plus vite que son ombre a sans doute voulu dire « Gault et Millau ».*

L'Editeur.

un slip de dame, noir avec de la dentelle rose et une fente au milieu, et puis encore des bricoles.

Je me récapitule le topo. Quelle journée ! Ça va bon train, comme un Katar marrant de la Transat en double ; les vents du succès paraissent gonfler mes voiles. J'en ai ramassé des choses au cours de cette journée. On est proche de la gagne, ma poulette. Tu peux commencer tes préparatifs, j'arrive !

M'ébrouant, j'attire le téléphone à moi pour composer le numéro. Le cadran de plexiglas est fendu au niveau du 7 et chaque fois je me pince la peau de l'index, ce qui est moins grave que de se pincer celle du paf, je te jure. Comme je suis dans un jour faste, le numéro que je dois composer ne comporte pas ce chiffre-crabe. J'y vais donc guillerettement.

Ça bigouine un peu longtemps ; et puis une voix de dame me fait comme ça :

— Ici Alberte Duhoux, j'écoute.

Pas du tout le genre vieille catole que j'imaginais, la personne. Le timbre est grave, chaleureux, avec de chouettes vibrances.

— Commissaire San-Antonio, pourrais-je...

Elle ne me laisse pas achever.

— Ne quittez pas, je vous LE passe.

Et l'organe du Rouillé me fanfare dans le tympan.

— Commissaire ! Mon Dieu ! J'avais hâte que vous m'appeliez.

— Ça urge ?

— Il n'y a que vous qui puissiez m'aider, commissaire.

— T'aider ? abasourdisé-je, t'aider ? Tu as des ennuis ?

— Au contraire, commissaire : je nage dans le bonheur.

— Toi ! m'étonné-je, car c'est pas le genre de citoyen qu'on imagine heureux, Mathias. En paix, ça oui, plein d'usage et raison, mais « réellement » heureux, c'est une autre paire de couilles, et pas les siennes.

— Commissaire, vous êtes un homme capable de tout comprendre…

— Merci de ta confiance.

— Figurez-vous qu'il m'arrive une aventure inouïe.

— Je me déshydrate de trop de curiosité, Rouquin.

— J'arrive à Annemasse, chez Mme Duhoux, chemin des Mésanges. Je sonne à sa porte, elle m'ouvre. Et qui reconnais-je ? Alberte, mon premier amour. Notre petite voisine de palier de jadis. Son père était officier de carrière. Au plus fort de notre idylle il a été muté à Nouméa et nous nous sommes perdus de vue, mais nom de cœur. Elle s'est mariée à un militaire, son mari a été tué dans un accident d'hélicoptère. Je… vous ne pouvez pas savoir… C'est… Un rêve, commissaire ! L'extase… Le choc foudroyant ! Nous sommes tombés dans les bras, dans les jambes l'un de l'autre. Je ne me suis retiré d'elle que pour vous téléphoner. Je sais enfin ce que c'est qu'une véritable étreinte. Bref, je reste ! Il me faut un congé, quinze jours au moins, pour y voir clair. Prévenez ma mégère que vous m'avez envoyé en mission. Occupez-vous de tout, commissaire, je compte sur vous. Vous êtes mon bienfaiteur. Je resterai votre débiteur jusqu'à mon dernier soupir. Je vous aime. Merci.

Il raccroche.

Non, mais dis, fifille, il se passe quoi donc en ce moment ? Qu'ont-ils, mes subordonnés, à larguer leurs brancards sur un coup de foudre ? Pinuche et sa pute noire, Mathias et sa petite potesse de collégien ! Il s'en bricole des trucs bizarres !

Je rêvasse. Souris. La vie qui chante, qui se décide à sentir bon. Les chaînes qui tombent d'elles-mêmes. Miracle !

Mais quel œuf, ce Mathias.

Je recompose le numéro de son égérie.

La voix brumeuse d'amour retentit :

— Ici Alberte Duhoux, j'écoute...

— C'est encore moi, Alberte, je soupire, accordez un nouveau bon de sortie à mon petit camarade, je n'avais pas fini de lui parler.

Le Rouillé, hagard, (comme Saint-Lazare, j'ajoutais autrefois) revient en ligne.

— Alors, c'est fait, vous avez déjà prévenu ma donzelle ? égosille-t-il. Merci, commissaire ! Du fond du cœur ! Je ne vous demande pas ce qu'elle a dit, je m'en fous. Elle peut gueuler à sa guise...

— Pense tout de même à tes seize gosses, Blondinet, père-noblé-je.

— Ecoutez, commissaire : ils sont faits, hein ? Or, ce qui est fait est fait. Qu'elle les garde, elle se sentira moins seule ! Rien qu'avec les allocations, elle peut s'acheter du vison.

— Tu ne m'as pas dit, dans ton émotion, ce que la défunte dame Chapoteur manigançait, reprends-je.

— Qui donc ? bée l'Eblouissant.

Avec patience, je le reconditionne.

— Mathias, mon bébé, mon chérubin, tu te rappelles le motif de ton voyage à Annemasse ? Tu avais déchiffré les lettres de ta dulcinée à Georgette Chapoteur, laquelle s'est suicidée hier. Mme Chapoteur était l'amie intime d'Alberte. Alberte, dans ses dernières missives, lui déconseillait d'entreprendre une chose qu'elle estimait être au-dessus de ses possibilités.

— Ah ! oui, ça me revient, admet le Rouquemoute. Attendez, je vais poser la question à ma déesse bleue.

Je l'entends jacter. La môme éclate en pleurs vigoureux (dans le sens de *verser un pleur*, singulier, toujours, mais si ça me chante de le foutre au pluriel je te tire un bras d'honneur gros commak !). Elle savait pas encore le suicide de sa potesse. Voilà du boulot pour le Rouquin. C'est bon pour piner, le chagrin, ça stimule. Tout ce qui fait vibrer, dans ces moments-là est bon à prendre. Non, je ne suis pas plus dégueulasse que d'habitude, c'est toi qui tournes chaisière : tu rancis, la mère, tu culbénites, attention !

Des bisous mélodisent, des chuchotis tendres passent comme un souffle de la nuit sur Galgala.

Enfin, Mathias finit par émerger de la Haute-Savoie, si je puis dire (et qui m'empêcherait ?).

— Eh bien, voilà, commissaire. Béberte m'apprend que son amie, à bout de détresse, avait décidé de payer des durs pour infliger une sévère correction à sa rivale, voire si besoin était, à son mari. C'était cela qu'elle l'exhortait à ne pas faire, car Béberte, cette petite chatte rose, si pure, si noble, si mouillée, est le bon sens personnifié. Ah ! si vous saviez comme elle est belle : châtain cendré ! Vous aimez ? Avec un pelage intime légèrement plus foncé et des yeux noisette. Je t'adore, Béberte, ma douce folie ! Reste comme tu es, j'arrive ! Regarde comme je demeure à ta disposition, mon aimée !

— Mathias ?

— Commissaire ?

— Sans vouloir te faire débander le moins du monde, j'aimerais que tu t'informes auprès de cette suave si la Chapoteur lui a parlé des durs en question. Où les a-t-elle rencontrés ? Qui sont-ils, etc. ?

— Une seconde, commissaire.

Nouvelles palabres, émaillées de baisers, de soupirs et d'asticotages en tout genre.

— Commissaire ?

— Alors ?

— Elle... oh, non, chérie *darling*, ne me fais pas ça pendant que je cause... Je... Awwwrhhh... Houa, houa ! Bzzzzrrrr ! Bwaooooo ! Juste un instant, ma biche humide. V's't'là cocomimissaisaire ?

— Oui, mais si tu continues ce circus, je vais courir

embroquer la secrétaire du dirlo. Parle, nom de fichtre (1) ou je donne l'adresse d'Alberte à ta rombière.

Putain, il se récupère vite fait devant cette perspective.

— Elle a connu ces gens dans le bar où elle allait manger à midi car elle ne rentrait pas déjeuner.

— Elle a parlé d'eux plus amplement à son amie ?

— Non. Elle écrivait que c'étaient des durs, simplement. C'est tout, com... com... commissssssss...

Par charité pure, je raccroche.

(1) *Je voulais dire nom de foutre, mais le mot foutre ne figure dans les dicos qu'à titre d'interjection, alors, les demi-mesures, tu te les fourres dans le recteur.*

San-A.

Un vieux tapissier pose une bande de moquette en chantant *Dolorosa.* Il coud à gestes experts, à l'aide d'une grosse aiguille recourbée. Il est chenu, avec un pantalon de velours sans couleur et une veste de coutil bleu. Il possède un bel organe. Sa voix fait vibrer la porte de verre.

Dolorosa, c'est la femme des douleurs
Dolorosa, son baiser porte malheur.

La Georgina, qui ressemble de plus en plus à une bouquetière du siècle dernier, violée par son papa ivrogne, l'écoute en faisant éclater les vilains boutons blancs pustulant sa gueule.

Mon entrée s'opère au moment où son plus beau bubon juvénile explose avec un bruit feutré, éclaboussant le portrait d'Isabelle Adjani dont s'enorgueillit la une de *Elle.*

— Bonsoir, ma mignonne, lui lancé-je d'un ton qui ne laisse rien transpercer de mon envie de dégueuler, il est là, le patron ?

— Il a du monde, répond-elle.

— Ce sera long ?

— C'est un client belge qui a quelque chose à vendre.

— Des frites ?

— Non, je ne pense pas, répond la gosse.

Son visage constellé de mignons cratères luit comme

le cul de cette guenon avec laquelle tu voulais refaire ta vie, l'année dernière.

— Vous êtes au courant, pour Georgette Chapoteur ? m'enquiers-je.

— Elle est toujours malade, on n'a pas encore eu de ses nouvelles aujourd'hui, répond la crapauteuse enfant en caressant un berlingot vachement sublime, mais qu'elle n'ose dynamiter en ma présence.

Donc, le dramatique décès de la chère collaboratrice à Gédéon n'est pas encore connu d'elle. A quoi bon la mettre au courant ? Je suis un héros, non un héraut.

— Savez-vous où elle déjeune habituellement ? demandé-je.

La bubonnée babille :

— A midi, elle prend simplement un café et deux bananes, à cause de son régime Hollywood, parce qu'elle a tendance à grossir.

— C'est la sagesse même, mon enfant, l'âge ne se compte pas seulement en années, mais également en kilogrammes ; souvenez-vous de cela lorsque vous aurez atteint la féculente cinquantaine. A quel café du voisinage Georgette Chapoteur consomme-t-elle lesdites bananes ?

— Au bar des *Petits Potes*, rue Abel Hélabète ; c'est à deux rues d'ici.

J'enregistre.

— Vous alliez quelquefois avec elle ?

— Non, moi je n'entre jamais dans un café, papa me l'a interdit.

— C'est un homme d'une grande sagesse.

Elle continue de caresser son protubérant bouton à tête blanche.

— Allez-y, lui dis-je, faites-lui sa fête ; il est à point.

Elle rougit et abandonne ce fruit du printemps ; mais ça n'est qu'éclatement remis. Là-dessus, mister Mollissont se présente au côté d'un clille qu'il traite avec déférence. Le Belgium annoncé par Georgina est saboulé en prince (de Galles) et paraît satisfait de ses ventes.

Ultimes palabres à la lourde. Les deux se séparent. Le sourire commercial de Gédéon disparaît quand il se tourne vers moi.

De toute évidence, il espère poursuivre sa vie sans moi. C'est pas parce qu'un malfrat mal luné a effacé deux perdreaux dans son échoppe qu'il va se laisser casser les claouis par la police, le numismate. Il est pas partant pour perdre son temps en dépositions ; la perspective de faire rebelote l'enchante pas. Dis, il fait déjà remplacer trois mètres carrés cinquante de moquette, de la toute chouette bouclée haute laine, alors si vous permettez, foutez-lui la paix ! Il a déjà donné !

Le vieux tapissier continue de coudre. Il interprète un second succès de son répertoire : *la Femme aux bijoux* (celle qui rend fou, c'est une enjôleu...euse).

— Vous avez ENCORE besoin de moi ? s'informe mister Fleur de Coin.

— Oui, encore, dis-je en me dirigeant vers son bureau sans y être convié.

Ronchon, il me suit.

Je m'installe dans le fauteuil du passager. Lui se décide à aller confier son gros cul au pivotant à amortisseurs hydrauliques.

— Eh bien ?

M'est avis que sa bonne femme a dû lui jouer la *Damnation de Faust* à mon sujet, depuis ma visite d'hier. La mayonnaise n'a pas pris entre nous deux, sa grosse et moi. Il en est des antipathies spontanées, comme des coups de foudre : un regard suffit.

Je sors de mon gousset la tétradrachme découverte par Béru sur le toit de l'immeuble.

— Belle pièce, non ? interrogé-je.

Surpris par mon attaque numismateuse à laquelle il

était loin de s'attendre, Gédéon examine la pièce. Il marmonne :

— Tétradrachme de Thrace. Tête d'Hermès coiffé du pétase, légère corrosion, mais extrêmement belle.

— Ça vaut dans les combien, monsieur Mollissont ?

— Vous êtes vendeur ? demande le matois.

— Absolument pas, je m'informe seulement.

Il prend une loupe, ronronne, puis :

— De trente à quarante mille francs.

— Nouveaux ?

— Naturellement.

— Donc, trois à quatre millions de centimes ?

— Si vous préférez.

Je réfléchis.

— Vendez-vous des pièces identiques à celle-là ?

— Bien sûr, je suis spécialisé dans les monnaies grecques.

— Je veux dire, possédez-vous la même ?

— L'Aenos ? Je l'ai, oui.

— Vous voulez bien vérifier ?

Il hoche la tête comme tu le fais quand un débile profond te demande si tu es Napoléon. Il empare un gros registre à couverture jaspée, dans les tons noir et gris, avec des coins dorés, le feuillette et place son bel index boudiné en haut de page pour lui faire dévaler des colonnes.

— Voici ! soupire d'aise-t-il. Thrace, Aenos, Tête d'Hermès, Revers Bouc à droite, Devant, trophée. 3 grammes 73. Légère trace de corrosion…

Il sursaille, prend la pièce. Puis dégoupille son coffiot, court le décombinaiser, l'ouvre à la folie, dans la foulée, cherche le bon tiroir, l'arrache de ses rails, le pose sur son burlingue. Il paraît soulagé à première vue, et je vais t'expliquer pourquoi sans te piquer le moindre fifrelin pour la consultation. Les plateaux dans lesquels les numismates serrent leurs pièces rares sont quadrillés. Chaque petit logement comporte soit une pièce, soit un petit disque de bristol blanc ou rose indiquant ce qu'était la monnaie qui occupait ce logement.

Le brave Gédéon est satisfait car le plateau est plein de pièces, sans le moindre manque. Donc, à première vue, tout est complet.

Par acquit de conscience, le brave homme se met à inspecter chacun des compartiments. Il regarde une pièce, puis l'autre, vitement, en se récitant l'étiquette placée dessous et qui donne les caractéristiques de ladite.

Il en est à la huitième case lorsqu'il pousse un juron qui ferait rougir une plaque d'eczéma bien-pensante.

J'attends, sûr et certain du résultat :

— Sacré b... de n... de m... de p... de sa mère de mes c... (1) ! clame Gédéon.

Et il change de registre pour jouer *L'Avare.*

— Au voleur ! Au voleur !

— Pourquoi criez-vous ainsi, calmé-je. Puisqu'il s'agit de VOTRE pièce !

Le sieur Gradube se calme.

— Mais oui, en fait, c'est la mienne, tout ce qu'il y a bien la mienne. Trace de corrosion... Et puis attendez !

Il place la tétradrachme sur le plateau d'une balance de précision.

— Et puis regardez ! Regardez, cher monsieur le commissaire : 3 grammes 73 ! Oui, c'est bien elle.

— Qu'y avait-il à la place ?

— Une basse saloperie indigne de ma maison, extrêmement très cher monsieur le commissaire, un Massilia bouffé aux mites qui ne vaut même pas mille balles !

— Vous confirmez que votre agresseur, Francis Télémard, n'a pas eu accès à ce casier ?

— Puisque je n'ai pas eu le temps d'ouvrir le coffre !

(1) *Je pense à la ligue du culte, alors j'édulcore !*

Santa.

— Or, quelqu'un a remplacé la tétradrachme de quatre millions par une drachme de cent mille francs ?

— Exact. Mais qui ? rembrunit le rubicond (comme la lune, tu penses que bien entendu évidemment, si on laissait passer des ouvertures pareilles, faudrait changer de métier et de san-antoniste devenir reveliste !).

— Eh bien oui, qui donc ? renchéris-je.

Et, comme il garde un mutisme qui risque de lui donner mauvaise haleine, je place mon bottillon de Nevers :

— Qui a accès à votre coffre, cher monsieur Gédéon Mollissont ?

— Eh bien, heu...

— Mais à part ça ?

— Ma secrétaire.

— Georgette Chapoteur ?

— Moui.

— Et la boutonneuse de l'entrée ?

— Hé ! dites, comme vous y allez ! Une gamine.

— Je le conçois ; qui d'autre ?

— Je ne vois pas.

— Mme Mollissont ?

— Elle ne s'occupe pas de mon job et je suis certain qu'elle ignore le système d'ouverture.

— Donc, il n'y a que Mme Chapoteur ?

— Oui, cela dit...

— Je vous écoute ?

— Un client habile, ayant quelque don de manipulateur, pourrait tromper ma vigilance et remplacer une pièce par une autre lorsque je lui montre mes plateaux. J'ai beau avoir l'œil, hein ? Je suis faillible, après tout.

— Vous avez confiance en Georgette ?

— Si je n'avais pas confiance en elle, croyez-vous que je la laisserais batifoler dans mes casiers ?

— C'est la première fois que vous constatez une telle mésaventure ?

— Affirmatif.

— Pourtant, cette pièce était en possession de votre agresseur : il l'a perdue en dévalant le toit de l'immeuble.

— Franchement, je ne pige pas.

— Mme Chapoteur s'est suicidée dans la soirée d'hier.

Alors là, il décompresse, le gros mistouflet. Que tu le verrais foirer de la frite, avec le regard en torche, la bouche en pot d'échappement de formule I, des giclées de sueur sur son front de penseur ! La nouvelle l'atteint au plus profond du linge, Gros Biquet ! Il en biche des vapes. Dis, peut-être se la faisait-il, la dadame ? La monstre tringlée à la secrétaire, les soirs d'heures supplémentaires, c'est courant, c'est plaisant, ça crée des ambiances ; il en découle du tonus ; c'est préférable à l'intéressement au chiffre d'affaires. Une collaboratrice, tu la pines au lieu de l'augmenter, la voilà toute joyce. Faut pas croire que la femme est à toute force vénale. Pour une qui ne songe qu'à ton artiche, t'en as dix qui rêvent de ta biroute patronale.

— Mais mon Dieu, ce n'est pas possible !

— Elle s'est logé une balle dans le cassis après m'avoir téléphoné de venir la voir.

— La malheureuse ! O chère Georgette, fidèle collaboratrice ! Nous passâmes des nuits à établir nos catalogues de vente.

Une petite ramonée expresse sur le coin du bureau, pour dire de se dégager les humeurs, j'imagine le tableau : Gédéon avec son gros bide, sa biroute que je devine médiocre, un tantisoit tordue comme les cigares italoches. Sa gueule, dans le coït, je peux pas me retenir de constituer le tableautin : il doit être biquet tout plein, le bonhomme ; pas triste pour deux ronds.

Quelques larmes empesées lui viennent, qui descendent de deux ou trois centimètres sur ses joues avant de s'y coaguler.

— Elle était déprimée, ces derniers temps ? risqué-je.

Le numismate secoue sa belle tête humaine, à la vinaigrette.

— Au contraire, je dirais plutôt surexcitée. Je croyais même qu'elle se dopait depuis la mort de son époux, ou bien qu'elle s'était mise à boire, et je me proposais de lui parler si cet état de choses avait dû continuer.

— Quel genre de surexcitation, monsieur Mollissont ?

— Une constante fébrilité, elle tremblait, parlait vite, en phrases hachées, riait hors de propos, oubliait des choses essentielles de son travail. Je mettais cela sur le compte de son chagrin, encore que je doutais qu'elle en eût.

— Pourquoi ?

— Le ménage battait de l'aile. Son bonhomme était un cavaleur de première : main au cul, haleine fraîche, œil de velours, vous suivez mon regard ?

— Si bien que ce brutal veuvage l'aurait comme libérée.

Gédéon hésite, renonce à entrer dans la dissertation que je lui propose.

— Délicat de se prononcer. Je vous confirme seulement qu'elle n'était plus pareille.

— Rien d'autre à signaler ? Réfléchissez bien.

Docile, il bat le rappel de ses grosses méninges à pistons, met un peu de gaz tout en conservant le pied sur la pédale d'embrayage.

— Peut-être, peut-être... Mais...

— Dites, dites... Il faut tout dire, même quand cela vous semble sans importance.

— On lui téléphonait pas mal depuis quelques jours.

— C'est-à-dire ?

— A tout bout de champ, elle recevait des appels, alors qu'il était rarissime auparavant qu'elle eût des communications privées.

— Vous lui en avez fait la remarque ?

— Certes.

— Sa réponse ?

— Elle a prétendu qu'elle était victime d'un mauvais plaisant anonyme ; elle m'a même supplié de répondre directement, alors qu'une de ses attributions consistait à filtrer pour moi les communications.

— Vous l'avez fait ?

— Non.

Excellent patron, coopératif et bienveillant. Doit pas falloir lui solliciter des services, cézigue. Quand t'as besoin de rien, une seule adresse : la sienne !

— C'est tout, monsieur Gédéon Mollissont ?

— Entièrement tout, monsieur le commissaire. Puis-je garder cette pièce ?

— Vous la récupérerez plus tard, pour l'instant elle est à conviction.

Il s'étouffe :

— Mais... c'est... c'est une pièce de collection !

— Nous sommes parfaitement d'accord : c'est une pièce de collection à conviction. A bientôt, mon bon souvenir à madame.

J'enfouille la tétradrachme.

Dans l'entrée, miss Georgina (tiens, le cheptel du Gros se nommait Georgette et Georgina, ça m'a échappé. Je vais rebaptiser la bubonneuse).

Donc, reprends-je, dans l'entrée, miss Nathalie continue de s'éclater la gueule en chapelet. Pas besoin de miroir. Elle les coince au toucher, ses pustules. Un petit repérage tactile sur le dôme, puis pouce et index font la pince de homard, se mettent en position, et tchlac ! attention les yeux !

Elle vient d'emplâtrer un truc plus vilain que le reste, un sans-jus, un gros rouge, pas à point. Un que ce bricolage va dilater davantage et qui saigne au lieu de s'épuer.

— Faut pas vendanger n'importe quoi, ma poule, lui recommandé-je avant de partir.

Le tapissier entonne *les Millions d'Arlequin*.

Il nous reste plus beaucoup de choses à voir, tu sais, avant l'enfourchement définitif et le grand final par toute la troupe. La clé du problème, je l'ai dans ma pocket, nickelée, superbe. M. le directeur va pouvoir débarquer à l'Elysée la tête haute, il l'aura sa solution.

Je pénètre dans le bar des *Petits Potes*. Un établissement comme il en existe des centaines dans Paris : un comptoir comportant une Mme Jeanne à la caisse, et un garçon nommé Gérard aux commandes du percolateur. Quelques tables, les doubles vécés et le téléphone au sous-sol marmoréen. Pour le reste : Formica et néon. Un appareil à musiquer, gavé de pièces dévaluées mais qui marchent quand même, semoule un rocker anglo-saxon.

C'est la presse de six plombes. Les sorties de bureau. Des couples de jeunes. Quelques vieux pionards venus écluser d'ultimes pastagas avant d'aller affronter leurs brancards... L'humanité, quoi. Putain, ce qu'ils sont moches, tous. Même les petites polkas, je les trouve connasses et pas très propres à force d'à force. C'est un ramassis, tu comprends ?

Cherche sur le dico : *ramassis*. Et puis non, je te vas donner la définition, pas que tu souilles les pages de tes doigts douteux. *Ramassis : ensemble de choses, de gens de peu de valeur.* Voilà qui me cadre en plein. Je pige pas pourquoi j'aurai attendu si longtemps avant de les qualifier de « ramassis ». Dans le fond, je maîtrise mal ma langue (sauf quand je la fourre dans le frifri d'une frangine comestible). Un ramassis ! Oui, voilà, bravo. J'adopte, conserve. Un ramassis informe, infâme, scabreux. Ainsi parlait San-Antonio ! Ne l'oublie pas. Y a que lui qui disait juste, pile la vérité bien exacte, celle du quatrième top. Il aura fait le tour de la question, très complètement. Il voyait, il disait tout, avec des haut-le-cœur qui l'amenaient au bord de la dégueulanche. Il savait, tu comprends ? L'Antoine pigeait sans le faire exprès. Un don malédictif du Ciel ! Le Seigneur l'avait rendu clairvoyant. Tu peux mettre ses burnes dans un reliquaire, donner sa rate aux chats si elle est encore présentable. Le Sana, il a été filouté au plus intime de ses compassions. Il se voulait fraternel, mais ils lui ont planté des godes géants dans les miches, comme même mon Roger Peyrefitte n'en a jamais reçu pour la fête des mères. Alors maintenant, faut que c'est eux qui va se faire foutre, exprimerait Bérurier. Tous, tous, en rang d'oignons, avec l'oignon bien oint, précisément. *Solnell !* Tout le monde à quarante-cinq degrés ! Gare au gori...i...i...ille !

Je ferme les yeux pour me les vider du cerveau, ces cancres-là. M'approche de la dadame caissière, si charmante à couver son enregistreuse qu'elle a eu de son mariage avec un Ardéchois, un beau bébé de caisse, une bonne grosse fille qui fait « clinnnng ! » quand on la tabule.

Je me penche sur la dame. Ses nichons redoutables ne m'intimident pas. D'ailleurs ils sont solidement arrimés par un soutien-gorge à armature métallique, ventouses d'appui, consoles de fer forgé. La grosse dame sent la grosse dame, ce qui est une odeur indécise de charcuterie fermée pour cause d'inventaire, de plateau de fromages fraîchement renouvelés et de serpentins anti-moustiques en cours de combustion.

Avec une discrétion qui te donnerait envie de prier, je

lui montre ma carte. Elle la lit et s'écrie « Allons, bon! » Croyant à la brigade financière. Mais je la détrompe, comme on détrompe un éléphant lorsqu'on a besoin d'un tuyau d'arrosage.

— Pas de panique, madame...

— Angèle Hatine, complète-t-elle.

— Deux ou trois questions discrètes, mais qui sont relatives à des choses graves. Vous me répondez bien et je vous oublie à votre clavier, vous me répondez mal et on en parle Quai des Orfèvres. Je suis un poulet qui évite les vagues, mais qui provoque des tempêtes quand on l'empêche de ramer ; me fais-je bien comprendre ?

Quelques plâtras se détachent de son beau visage ravalé parce qu'elle vient de branler le chef (habituellement elle le fait en cuisine).

— Je ne demande pas que mieux, répond-elle, en chère provinciale attendrissante qu'elle est.

— Vous connaissez la petite dame qui travaille chez le numismate qu'on a attaqué hier ? Elle vient tous les jours ici, boire un café et consommer deux bananes.

— Elle n'est pas venue aujourd'hui, fait la dame des environs immédiats de Fouzy-le-Braque.

— Donc, vous la connaissez. Elle a lié connaissance ici avec des hommes, il y a assez peu de temps.

— Disons un mois, coupe cette parfaite coopératrice.

— Voilà. Parlez-moi des messieurs en question.

— Ils étaient un, assure Angèle Hatine.

— Voilà qui va nous faire économiser des « s », enchaîné-je. A quoi ressemble ce personnage ?

La réponse, tu veux que je l'écrive sur un papier qu'on placerait dans ton slip, histoire de le dilater un peu, l'ami ? Je la connais comme si je l'avais faite.

— C'est un garçon assez jeune, avec un bonnet de...

Je te passe la suite.

— Ils se sont connus comment ?

— Je peux vous y dire !

— Madame, je vous épouserai à votre prochain

veuvage, remercié-je. Racontez, racontez vite, racontez tout, racontez bien !

— Eh bien, Mme Georgette mangeait ses bananes à la table que vous voyez, là-bas, sous l'appareil à musique. Le gars au bonnet buvait un Bitter San Pellegrino au comptoir. Il a été à l'appareil, et il a demandé à Mme Georgette comme quoi cela l'ennuierait-elle, s'il mettait une chanson de Julot Ecclésiaste.

Très cérémonieux, comme un homme bien élevé sous tous les rapports.

— Mme Georgette a répondu qu'au contraire, vu qu'elle était l'idole de Julot Ecclésiaste.

Le type a mis cette jolie chanson qui fait comme ça. Là, s'insèrent deux strophes chantées par la dame caissière, dans lesquelles « mon amour », rime avec « poil autour ».

— Et ensuite ? profité-je de son asthme pour relancer le sujet.

— Ils se sont mis à bavarder. Le gars a offert un deuxième café à Mme Georgette. Le lendemain, ils se sont revus. Et encore le surlendemain. Au début je croyais qu'ils flirtaient ensemble, bien que le gars soite moins âgé qu'elle, on a vu des hommes jeunes éprouver du sentiment pour des dames d'expérience, gazouille Angèle, en plein rêve derrière ses nichons pare-balles.

— Rien n'est meilleur, garantis-je, mes plus belles nuits d'amour, je les ai vécues avec des femmes que ma mère aurait pu appeler grand-maman.

— Donc, je vous y fais pas dire, reroucoule la grosse pigeonne.

— Vous dites avoir cru à une délicieuse idylle, mais vous fûtes détrompée ?

— Ils étaient bien trop sérieux. Ils avaient l'air de faire des messes basses.

— Jamais quelqu'un d'autre ne s'est mêlé à leur mystérieux entretien ?

— Non, non, jamais !

— Quand se sont-ils vus pour la dernière fois ?

— Pff, je ne sais pas. Une quinzaine. Tenez, si : deux ou trois jours avant la mort du mari à Mme Georgette.

Moi, dans cette histoire, je me fais l'effet de chiquer les Maigret. Le côté, je bourre ma pipe ou ma copine, je finis un reste de civet, je me lave les pieds dans le bac à plonge, mais, mine de rien, j'échafaude, je suppute, cause toujours, mon lapin : je t'attends à la sortie ! Rien ne sert de courir, faut conclure à point.

Alors, très bien, Angèle papote, c'est pas la *first* fois qu'elle en croque. Dans son négoce, faut savoir lâcher la vapeur au juste moment, comme son perlocateur. Une petite bavette par-ci, un petit tuyau par-là, si c'est pas toi qu'en profites, c'est un autre. Elle assure, la mère. Elle balise tranquillos, sans trop se brancher, juste la pointe. Faudrait écrire sa vie, comme je voulais écrire celle de Mado Moulfol après avoir commis *Tire-m'en deux, c'est pour offrir*. La fascination du rien, tu saisis ? Le vertige qui t'empare devant quelqu'un sans la moindre personnalité, ni grâce, ni intelligence ; quelqu'un qui est là, sur ta route, un instant ; grisâtre, indiscernable et que tu te mets à créer enfin en le regardant ; qui ne prend vie que par l'intérêt que tu décides de lui porter. Rêver son existence, ne rien omettre de sa trajectoire creuse, Angèle Hatine. Sa naissance, sa vie, sa mort, son tiroir-caisse. La donner à aimer au peuple. Qu'il se masturbe contre, la transforme en statue de foutre, Angèle ! Admirable dans son soutien-gorge d'airain. Je la casquerais pour la faire plus triomphante. Lui donnerais à conduire un quadrige pour opérer son entrée dans l'histoire. Gloire ! Gloire ! Gloire ! Vive Angèle.

Elle déchire d'un geste gracieux le brouillard ténu de mon rêve.

— Tenez, la dernière fois qu'ils se sont vus ici, y a une chose dont laquelle je me rappelle parfaitement.

La langue de ma curiosité lèche le trou de balle de son savoir. Femme généreuse, elle ne me fait point languir.

— Ils se sont séparés de la façon suivante : le type au bonnet s'est levé, lui a mis la main sur l'épaule et y a fait comme ça : « Ce qui est dit est dit ! » Ma tête à couper, monsieur le... Ma tête à couper. Et puis il a foncé à la porte. Juste comme il allait filer, Mme Georgette a écrié : « Non ! Ecoutez ! »

« Mais le gars était déjà dehors. Elle a paru prendre un malaise, monsieur le... Ma tête à couper ! La preuve : je m'ai approchée d'elle. « Ça ne va pas, madame Georgette ? » j'y ai demandé. Y a fallu que je lui répète ma question, elle se rendait même pas compte de moi. Et puis elle a murmuré : « Oh ! si, ça va très bien. » Je m'ai alors payé de culot : « Ce gars vous embêtait pas, j'espère madame Georgette, parce que sinon je préviens Gérard ? » La Georgette, elle avait l'air confuse, soudain : « Mais non, pensez-vous. Au contraire, c'est un homme très aimable. » Moi, dans notre métier, on peut pas se permettre, comprenez-vous, monsieur le... J'ai pas insisté. Vous partez, monsieur le... Vous ne voulez pas boire un petit quéqu'chose ? »

J'ai déjà bu ses paroles.

Et elles m'ont soûlé !

Je ne me souviens plus quelle station d'hiver se symbolise par un bonnet de laine. Y a des affiches sur les routes conduisant au pays blanc ; tu dois avoir une idée de la chose, toi qui aimes à faire le con sur deux planches, non ?

Ce polar (comme disent les méprisants que moi je surméprise incommensurablement) pourrait également choisir cet emblème. Il est partout, le brigand au bonnet. A croire qu'il caracole fièrement dans tout Pantruche, omniprésent, si tu comprends ce terme un peu trop savant pour ton analphabêtise. On le voit virguler Chapoteur sous le métro, puis tenter d'agir de même avec sa souris, il est dans le fourgon qui explose, dans le bistrot de la mère Angèle, capturant la pauvre Georgette dans ses rets...

Et le moment me vient de te faire une révélance, mon pote (Iron : en anglais *fer*) : il se trouve sur la bande d'actualités passée aux informes de *Soir 3*. C'est lui que j'ai découvert à droite de l'image, lui se tenant au côté de tu sais qui ? Allez, file-moi une thune et je t'apprends. Tu ne veux pas ? Alors fais-moi une gâterie ! Non plus ? Tiens, je te l'échange contre un timbre ? Non ? Oblitéré. Pas même ? Oh ! ça va, bougre de rat, je te la livre à l'œil, mon informe : « Bonnet de laine », puisqu'il faut l'appeler par son nom, se trouvait au côté de la belle Evelyne, la dame au doigt sectionné.

Plein les badigoinces, non ?

On développe chouchouïe ?

Moi, mes méninges grosses comme une noix de coco passent la cinquième et se lancent dans les déductions suivantes. Bonnet de laine (et bottes de flanelle) a eu, à un certain moment, partie liée avec la mère Chapoteur. Si tu veux que je te livre le fond de ma pensée (j'espère que t'habites pas le dernier étage ou alors qu'il y a un ascenseur dans ta crèche) il lui a scrafé son mari avec son consentement. Quand elle a égosillé « Non, écoutez ! » au troquet, à l'instant où il partait, c'était la soupape de ses scrupules qui fonctionnait. Mais l'autre a rien voulu entendre et il a mis le mec sur rails (celles du métropolitain). Ensuite, période encore en friche, mais que je passe au crible de mon prodigieux esprit de déduction. La Georgette en fin de compte manque finir comme son vieux. Auparavant, s'est produit le hold-up chez Gédéon, suivi du détoitement de Francis. La secrétaire du numismate regarde l'affaire à la télé en m'attendant. Et qu'aperçoit-elle sur sa lucarne dite magique bien qu'elle soit bourrée de connards ? Bonnet de laine et la maîtresse de feu son mari. Connivence indiscutable entre les deux. Ils sont là, bras dessus, bras dessous. Donc, ils manœuvrent toute cette scabreuse affaire. Georgette est traquée, condamnée. Déjà qu'on a voulu la propulser sur la voie ! Elle se dit que la police ne pourra rien pour elle. Elle enregistrera sa déposition, lui prodiguera des conseils, mais elle se retrouvera seule, toute seule avec l'horreur qui la cerne. Si ce n'est pas la nuit, ce sera au matin, voire après-demain, mais elle passera à la casserole. La nuit accentue les cauchemars. Elle est à bout de nerfs, à bout de peur, peut-être également à bout de remords. Alors tout craque : elle se bute...

C'est bonnet blanc, blanc bonnet, comme disait le père Duclos. Toute la presse a repris la formule, comme s'il en était le père. Ça date de toujours, ça : bonnet blanc, blanc bonnet.

Et Bibi arque en direction du Quai, toujours phosphorant de la touffe.

Pourquoi ce bonnet de laine si visible ?

C'est ma petite potesse, la pendulée du fion, qui m'a fait observer que c'était pour attirer l'attention. Et moi, je vais plus loin, tu penses ! Tu sais l'idée tordue du gars moi-même ? Bonnet de laine, grosse moustache, lunettes noires. Prends vingt mecs de même corpulence et affuble-les ainsi : ils se ressembleront. Imagine une bande de lascars, des gonziers jeunes, baraqués, dont chacun se frimerait de la sorte quand besoin est. Tu parles d'un régal ! L'alibi parfait. Quand l'un d'eux opère une basse œuvre, un autre se fait remarquer ailleurs, sous le même accoutrement et le premier mec se fait crever par la suite, les brèmes sont fastoches à brouiller.

C'est bonnet blanc, blanc bonnet, ma délicate chérie.

Je grimpe dans le donjon.

Bureau du directeur.

Ce dernier s'agite au milieu d'une armada de flics.

Ma venue lui sied, comme le deuil à Electre.

— Ah ! v'là l' plus beau ! il s'exclame joyeusement. V'tombez à pic, commissaire. J'a r'trouvé la Mercedes au p'tit assassin. Dans l' coffiot, on a dégauchi des choses intéressantes, croilliez-moi ; com' quoi j'ai été bien aspiré de prendr' c't'enquête en main !

Au moment où il dit, le tubophone flûte. Le Gravos décroche et gravit (du verbe devenir grave).

— Oh ! merde, soupire-t-il. Dites-y au miniss, va falloir voir qu'on voye.

Il raccroche. Son regard s'est embué.

— Une triste nouvelle, messieurs, murmure-t-il : Emée Berlurin qu'était dans l' coma, vient d' clamser. J'vous propose qu'on récite tous un' minute d' silence, ensute on boira un coup de gigondas pour y honorer la mémoire, vu qu'il était natif de cette région.

Nous souscrivons à ces différents hommages. Après quoi, le fameux directeur m'adresse un signe que je suis bien contraint de qualifier « d'intelligence ».

— Si vous v'lez viendre par ici, commissaire, j'vais vous faire esgourder un truc pas piqué des charançons.

Sur une table de « dégagement », encombrée de bouteilles vides et de papiers gras en tout genre, se trouve un petit magnéto.

— L'petit gredin avait bricolé en loucedé la ligne d' téléphone à son papa, 'maginez-vous. C'tait pas duraille, vu que son dabe crèche au dernier étage d'un immeub' neuf, av'c terrasse. Il a pu s'introduire par l'escadrin d's'cours, forcer l'trappon du toit en l'absence de ses père et belle-mère pendant qu'y s'étaient pas là et goupiller sa p'tit' affure. On y sait biscotte on a r'trouvé l' doub' d'une lettre qu'il a adressée à son fazeur ; la voici.

Je m'acagnarde contre la table, en son point le moins poisseux, je lis la lettre, j'écoute la cassette.

Tout est bien conforme à ce que j'avais imaginé.

Tu peux me traiter de génie : d'ailleurs je lave sans bouillir.

Il n'est pas à son premier restau. Non plus qu'au second. Par contre, nous le trouvons au troisième. Le service bat tu sais quoi ? Son plein. Car il est déjà huit heures trente. L'important amateur de Richebourg, très épanoui dans un costume bleu foncé fleuri d'une décoration indéfinissable, surveille les opérations, allant bonnir un mot gentil aux habitués, discrètement, en parfait taulier pour qui la restauration est un art, voire une cérémonie religieuse, et qui comporte tel un prélat dans sa cathédrale.

Il nous avise, Béru et moi. Fait claquer ses doigts en direction du maître d'hôtel pour lui indiquer d'avoir à s'occuper de nous fissa, car il suppose que je viens claper dans sa boutique, en poulet flairant des repas à l'œil.

Je lui souris, tout en lui adressant un signe de dénégation.

Alors il lâche le vieux couple avec lequel il s'entretenait de ce gouvernement infâme-qui-nous-prend-tout-mais-attendez-l'automne, s'avance, la lippe mouillée, l'œil en vrille, les bajoues découragées.

— Vous ne dînez pas, commissaire ? Vous savez, nous sommes pleins, mais j'ai toujours une petite table en réserve pour les amis.

— Eh bien ! si vous avez des amis, ils en profiteront ! lui réponds-je.

Bérurier me dit :

— Commissaire, je vous serais reconnaissable de bien vouloir passer les bracelets à c't'individu, j' vous prille !

Le gros Télémard en est soufflé comme un lustre de Murano. Il croit avoir mal compris.

Je déballe un document de ma fouille.

— M. le juge d'instruction Béquéongle vient de délivrer un mandat d'amener contre vous, monsieur.

— Mais !

— D'accord, coupe Béru. Faisons vite !

Clic-clac, en plein restau, devant son personnel médusé et ses chers clients en train de fourrager dans le foie gras. Une interpellation de malfrat, somme toute !

Sa Majesté, redevenue elle-même pour un soir, flanque un coup de genou dans les miches du marchand de croque.

— En route, l'ami !

Et, passant devant une desserte, il s'empare d'une tranche de brie ruisselante qu'il se met à déguster, le petit doigt levé puisqu'il est directeur.

Quatre heures du matin, c'est déjà demain, demain qui commence, dit la chanson. Tiens, le vieux tapissier de Gédéon doit la connaître, lui qui sait tout le répertoire, de Béranger à Vincent Scotto (qu'on bissait énormément : bisse Scotto) (1).

Un coriace, le papa Prudent. Ne voulait rien entendre, niait tout, réfutait, clamait que c'étaient des coups montés, des guets-apens sordides. Machination montée

(1) *Jeu de mots d'une grande drôlerie, réservé aux élèves des facultés et des grandes écoles.*

San-A.

par la police. On a eu beau lui parler du doigt coupé, lui faire écouter la bande de ses communications téléphoniques, citer le témoignage de sa propre épouse, il voulait rien admettre. Réclamait un bavard, à cor et à cris, sa libération immédiate, des excuses assermentées, exigeait qu'on téléphone à des gens illustres, haut placés, nous promettait la méchante destitution sur le front des troupes, et mille autres choses aux perspectives pas bandantes.

Tu sais comme je l'ai eu ?

Au Richebourg.

C'est chérot, le Richebourg, faut admettre et si tu fais figurer quatre boutanches sur une note de frais, l'inspecteur des douloureuses avale son dentier ou te fait avaler le tien.

Mais moi, je lésine pas, qu'heureusement mes droits d'auteur me permettent d'arrondir mes fins de jours. Sur le coup de minuit, j'ai tubophoné à mon pote Maurice Duravet, à *La Bedaine.*

— C'est encore moi, j'envoie du monde chercher un repas froid. Nous sommes trois dont deux bouffent comme quatre. Fais à ta guise et ajoute quatre boutanches de Richebourg, cette fois, la Grande Volière paie !

C'est le brigadier Poilala qui est allé guérir le bouffement. Lorsqu'il a été de retour, j'ai dressé une espèce de table à ma façon, sur mon bureau.

— Bon, nous allons casser une croûte, monsieur Télémard, histoire de recharger les accus.

Tu nous aurais vus, ça valait le coup que tu te pointes à pied depuis Bastia, mon pote ! Des scientifiques de la jaffe. La tête dans le guidon, Béru, Prudent, Mécolle. On a clapé, en danseuses. Sans parler ni se regarder. Il faisait faim et soif. Juste le bonhomme Télémard, quand j'ai déballé le jambon persillé, a demandé : « C'est celui de chez Maurice ? » J'ai battu des cils. On a morfillé le canard froid, et puis le rosbif, sans causer des aubergines farcies. Les frometons, la gênoise, tout le bidule. On s'enquillait des rasades de Richebourg. Mes compagnons, ça leur filait des couleurs, des chouettes. Je me contentais de flotte pour garder mes méninges à la température ambiante et leur laisser tout le carburant. On a terminé par les petits fours mignons. Ces messieurs rotaient d'aise. Ils voyaient la vie différemment. On sentait poindre des fraternités vinasseuses entre eux deux. La complicité que donne la bonne chère, tu sais ? Flic ou criminel, après cent centilitres de bourgogne, tu piges mal la différence.

L'ultime godet expédié, ils se sont mis à rêvasser double devant les bouteilles exténuées. Y avait du flou dans leur pensarde, des oscillations sismiques. Et puis les torpeurs de la nuit les gagnaient. Pour ma part, j'aurais fait volontiers un carton avec une poulette à carrosserie spéciale. C'était mon jour de super-forme, comme tous les jours. La fatigue me survolte les sens, c'est-y ma faute, père Magloire ? Je me voyais à dispose une *wonderful girl*, dans une lumière bleue. Je la voyais plusieurs, comme dans un palais de glaces. Belle sous tous les angles, pleine de culs et loloches. De quoi devenir jobastre. Je suis allé me passer la tronche à l'eau froide. Poilala est parti à la recherche d'un double expresso que j'entendais boire en Suisse, sans que mes deux balourds me vissent. Une fois mes brèches colmatées, j'ai rejoint les deux apôtres. Béru s'assoupissait, Télémard avait le hoquet.

— Eh bien, nous allons reprendre, ai-je décrété.

Il m'a filé un regard de Terre-Neuvas quittant sa femme enceinte de neuf mois pour aller conquérir les morues nordiques.

— Franchement, vous êtes obstiné, j'en peux plus, commissaire.

Alors y a eu *Ouragan sur le Caine*. Le Mammouth, arraché en sursaut qu'a piqué une crise noire comme l'enterrement du pauvre pasteur Luther King. Des explosions pareilles, un volcan grincheux excepté, je vois vraiment pas où on peut s'en payer d'autres ! Il a poussé un barrissement, comme quand la brousse crame et que les éléphants déménagent au pas de charge. S'est levé et je me rappelais plus qu'il est vachement gros pour son âge, mon m'sieur le dirluche. Il a biché Prudent par ses revers, l'a dessiégé d'un effort qu'avait pas l'air d'en être un, et lui a filé au moins dix fois de suite sa boule dans le portrait, à la vitesse d'un pivert forant un trou. Ça faisait tchac ! tchac ! tchac ! tchac ! tchac ! tchac ! tchac ! tchac ! tchac ! tchac ! Quand il a moulé le papa à Francis, cézigue aurait jamais pu passer la frontière d'un pays de l'Est, tellement il ressemblait peu à la photo de son passeport. Une bouille, mon pauvre ami ! Un homme bleu du désert, tu te rappelles : le père de Foucauld ?

Béru s'est assis sur le papier ayant servi à envelopper le canard, il a posé ses deux petons sur les genoux de Télémard.

— On est des gens civilisés, à preuve, on s'a mis à table av'c toi, maint'nant tu vas continuer tout seul, lui a déclaré Son Altesse Directoriale. Il est quatre heures moins dix. A quatre plombes faut qu' tout soye fini, mon pote. J'sus le big boss de cette usine, si je porte la garantie comme quoi tu t'es balancé par la fenêt' dans un moment de vague à l'âme, personne, pas même ton ange gardien, mettra ma parole en doute. J'sus chargé de r'mett' cett' maison au pas, et m'vlà à l'œuv'. Bon, commissaire, arrêtez-moi un peu d' jouer au maît' d'hôtel et posez à c't'individu les questions qu'il doit répondre !

Cet ordre est ponctué par un double bruit dont il est difficile de juger s'il a une seule origine ou s'il résulte de ses hémisphères Nord et Sud.

Prudent cesse de l'être. Il renifle son sang, il suçote ses dents. Sa voix parvient à travers des tas d'encombrements.

Elle corrobore et complète ce que je savais ou dont je me doutais.

Si tu veux tout savoir, va m'attendre quinze jours plus tard, chez Pinaud. Au cas où tu arriverais le premier, dis-lui que tu viens de ma part.

DIX-SEPTIEME JOURNEE au cours de laquelle sont éclaircis les mystères chargés d'entretenir l'intérêt de ce livre qui n'en a rien à foutre, parce que si l'intrigue constitue le seul intérêt d'un ouvrage de cette trempe, merci bien ! J'ai d'autres ambitions ; mais quoi : en toutes circonstances on est obligé de faire la part des cons, non ? Et plus ça va, plus il y en a !

Le lendemain du jour précédent, M. le directeur de la police et Mme Alexandre-Benoît Bérurier se rendirent à l'Elysée pour un dîner où se pressaient, entre autres, les estomacs de M. le ministre du Fromage, du secrétaire d'Etat au Subjonctif, de Son Eminence le nonce Fétamari, de Son Excellence l'ambassadeur du Kiwi, de M. le ministre de la Dévaluation, du secrétaire général de la T.S.V.P., du général Monminou contrôleur adjoint de la force des Frappes, et de bien d'autres un peu moins connus mais tout aussi essentiels.

Entre le plateau de fromages et la tarte aux poires, le président de la République entendit un bruit sur l'origine duquel il ne voulut pas se prononcer mais qui, manifestement, provenait de Bérurier. Soucieux de le faire s'exprimer par des moyens plus courants, il l'apostropha (Pivot était de la fête, je tiens à le préciser, puisque l'un des conseillers de l'Elysée avec lequel il est particulièrement lié s'y trouvait) afin de lui demander si son enquête concernant les abominables tueries de policiers progressait. Sa Majesté qui n'espérait que cette mise en valeur s'écria :

— Progresser ! Mon président se prend les pattounes dans la cravate ! C't'enquête, dont j' m'ai occupé moi-même personnellement, a été finie d'achever dans la nuit d'avant qui précède celle-ci !

Et il narra par le menu (le sien, l'autre ayant été absorbé) les péripéties que tu connais, ami lecteur, ainsi que leurs conclusions que tu ignores encore, mais tu ne perds rien pour attendre.

Cet encart dans le récit pour te montrer que Sana est respectueux d'Eloi et qu'il trouve juste et normal d'informer le chef de l'Etal avant toi, mon bon con.

M. le directeur obtint, selon ses dires, un grand succès, auquel d'ailleurs il m'associa, j'en eus la preuve peu après lorsque trois hommes habillés en triste me coincèrent avec la louche intention de m'épingler la Légion d'honneur au revers. J'eus toutes les peines du monde à m'en défaire et ne dus de conserver ma virginité qu'à quelques prises de judo qui me revinrent opportunément en mémoire.

Une quinzaine s'écoula après la soirée élyséenne. Un matin, de fort bonne heure, le téléphone m'apporta, en même temps que mon café, la voix de Pinaud. Le Bêlant, qui avait disparu de mon horizon, me déclara que sa femme était rentrée de l'hôpital et qu'il souhaitait nous convier à arroser l'événement le soir même, m'man et moi.

J'acceptai. Ainsi donc, la sagesse, le sens du devoir, la notion de fidélité avaient repris leurs droits et ramené le volage dans les draps conjugaux ? J'en sus gré au Ciel car on a toujours tendance à croire que les autres doivent se soumettre aux règles souvent taciturnes du mariage, alors que nous sommes enclins à les tourner nous-mêmes avec beaucoup de désinvolture. Mais c'est ainsi, et que veux-tu que je te dise ? On ne va pas se concocter un documentaire sur le sujet, merde !

Nous nous présentâmes à l'heure convenue, Félicie *and me.* Mon exquise femme de mère inaugurait une petite robe imprimée, très simple, dans les noir et mauve et, chose rarissime, avait mis un peu de poudre ocre sur ses joues. Ainsi mignardée, elle faisait dix ans de moins que son âge, c'est-à-dire dix ans de plus que le mien.

Nous trouvâmes la dame Pinaud, ragaillardie sous ses plâtras et bandages multiples, pleine d'une énergie inconnue consécutive à l'adversité, car ce qui avait manqué toute sa vie à cette femme, c'est-à-dire de vrais maux bien assaisonnés, lui était arrivé sur le tard, comme un enfant qu'on n'espère plus et qui se déclare aux approches de la ménopause. Les réelles souffrances endurées lui avaient révélé sa force de caractère et elle subissait d'avoir été brisée menu avec un courage édifiant. Mais, merde, voilà que je me mets à écrire comme Balzac.

Allongée dans un fauteuil, elle parvint à se montrer bonne hôtesse. Pinaud, calamistré, habillé sur mesure, propre et ferme, achevait de nous stupéfier. C'est au moment où nous nous assîmes à table que je perçus un couvert supplémentaire.

— Vous attendez encore quelqu'un ? m'enquis-je.

— C'est le couvert de Pélagie, dit Mme Pinaud, elle est un peu en retard car — vous me pardonnerez, chère amie, murmura-t-elle à ma mère —, elle se prostitue dans le quartier Bergère et elle aura été retenue par quelque client exigeant.

Félicie devint rouge et muette. Quant à moi, je jetai sur Pinaud le plus beau regard qui puisse sortir de deux yeux puisqu'il était désespéré. Mon compagnon le capta, le comprit et sourit.

— Mme Pinaud est au courant de tout, me dit-il. Nous avons pris certains arrangements, sois tranquille : tout va bien.

Il ajouta :

— Je vais chercher le caviar et glacer les verres à vodka.

Il s'absenta. Son épouse me sourit.

— Je conçois votre étonnement, cher ami, mais bast,

la vie est ce qu'elle est, pleine de rencontres et d'imprévus. César parvient à un âge où l'homme a besoin de nouvelles motivations. Il s'est toujours montré si exemplaire que je lui dois beaucoup d'indulgence. Cette sombre Pélagie est folle de lui, elle lui assure un renouveau triomphant, je m'en réjouis. Je pense qu'il est bien tombé. Cette fille a bon cœur, à preuve, elle lui remet scrupuleusement le fruit de ses activités. A une époque où le Français moyen sombre dans les taxes et les impôts, de fortes rentrées d'argent non déclaré ne sont pas à négliger. Nous allons enfin pouvoir, grâce à cette chère petite, nous dorloter un peu.

La Vieillasse rajeunie se pointe, portant une boîte de beluga d'une livre sur un lit de glaçons.

— Commençons sans elle, décrète-t-il, d'ailleurs Pélagie n'aime pas ça.

Et on se met à table.

— J'ai vaguement lu dans les journaux que Béru avait solutionné l'affaire de la rue de Richelieu? demande la Gaufrette en passant des toasts croustillants à la ronde.

— Oui, si l'on veut.

— C'est le père du criminel qui...

— Qui l'était davantage que son fils puisqu'il est l'un des grands patrons de la drogue à Paris.

Et je me mets à raconter, moi, tu sais combien mon job me passionne?

Prudent Télémard, outre sa chaîne de restaurants, était importateur d'une denrée rarissime, la plupart des gens l'ignorent, et qui vaut plus cher que le caviar : le safran. Ça fait des années qu'il achète de grosses quantités de cette poudre ocre à différents pays. Des années également qu'on lui expédie de la drogue à l'intérieur des paquets de safran. Pourquoi? Tu sais que la brigade des stupéfiants se sert de chiens pour détecter la drogue? Même quand elle est placée sous vide, ces braves bêtes la détectent. Seulement le parfum du safran domine et les chiens l'ont dans le cul (mais ils en ont l'habitude). Tu parles si elles étaient prospères, les affaires à Prudent. Sous couvert de ses respectables restaus, il affurait vilain, le diable.

Sa première femme avait pressenti la chose, à la suite de conversations surprises à la maison. Un jour, elle parla de ses doutes à son fils. Fâcheuse initiative, et qui devait tout provoquer. Le môme qui haïssait son père et davantage encore sa seconde épouse était résolu à se venger. Pour cela, il lui fallait avoir barre sur son vieux. Il parvint à bricoler cet enregistrement. Evidemment, la bande sonore ne constituait pas une preuve, mais elle pouvait tout de même foutre le restaurateur dans la béchamel. Croyant tenir son vieux à merci, il se mit à le faire chanter gentiment, plus pour le faire chier que par appât du fric puisque sa mère avait pour lui toutes les faiblesses. Le père Télémard trouva que ça commençait à bien faire et décida de mettre le holà.

Son organisation était en cheville avec la bande des bonnets de laine. Tu commences à saisir ? De drôles de gars, recrutés dans les anciennes brigades terroristes et qui déviaient sur des activités plus lucratives. Il leur expliqua le topo en les chargeant de mettre son fils au pas, sans le buter.

Travail d'artistes. Les autres jubilèrent. Ils s'arrangèrent pour lier connaissance avec Francis, ce qui n'était pas difficile (en anglais *difficult*), le traitèrent comme un caïd en puissance et firent si bien que, très rapidement, Télémard fils se prit pour Al Capone. Là, je dois changer de direction pour t'en arriver aux Chapoteur. Tu vas voir un peu l'ironie du hasard. Moi, sans lui, je te répète, je changerais de métier.

Evelyne, la deuxième femme de Télémard, est une nana à la cuisse légère, je le sais mieux que toi (hmm que c'était bon !). Elle avait Chapoteur pour amant, en z'autres, comme dit Bérurier-le-Puissant. Son bonhomme l'apprit. Prudent, tu l'as vu, est un vinasseur, un bâfreur. A ce régime-là, la zézette prend de la gîte et le quinquagénaire surnourri pète et dort au lit au lieu d'y accomplir des prouesses. Cela n'empêche pas la jalousie. Là encore, il chargea la brigade de choc de régler son compte au mari de Georgette, mais *achtung*, je vous prie : sans que les soupçons puissent se porter sur le cocu. Les machiavéliques génies ès crime s'y prirent de façon géniale. Ils se lièrent (l'un d'eux du moins) avec Mme Chapoteur, tâtèrent le terrain, constatèrent qu'elle aussi savait son infortune et l'amenèrent à accepter qu'elle endosse la commande. Qui tua Chapoteur ? Un gonzier moustachu, avec des lunettes noires et un bonnet de laine. Qui se lia au bar des *Petits Potes* avec la future veuve ? Un garçon moustachu avec des lunettes noires et un bonnet de laine. Si la police se montrait trop curieuse, elle finirait par remonter à ces étranges relations de Georgette avec le tueur. Conclusion : mister Télémard gardait le nez propre ! Bravo ! Bien joué ! On continue ?

On continue !

Allez, viens, traîne pas la galoche, bonté divine, ça chauffe !

Bien entendu, Bonnet de laine ne raconta pas à Georgette qu'il travaillait pour ses beaux yeux marqués de conjonctivite. Ce fut bel et bien un marché. Il exigeait un fric qu'elle était loin de posséder. Il lui souffla de « s'arranger » avec la camelote du gros Gédéon. Femme honnête, elle rebiffa. Puis dit qu'elle allait réfléchir. Alors, pour brusquer les choses, ils balancèrent Chapoteur sous une rame de métro. Tu juges de l'état psychique de Georgette ? Elle vivait l'aventure de *l'Inconnu du Nord Express.* On avait accompli le « contrat », elle devait raquer. Les coups de fil commencèrent. Elle s'affola.

Que faire ? Tout dire ? Impossible ! Voler la marchandise de Mollisont ? Après tout, pourquoi pas ?

Elle se décida donc et procéda habilement, de la

manière que j'ai eu l'honneur et le maigre avantage de te raconter à une chiée de pages d'ici.

Les diaboliques « Bonnets de laine » parachevèrent leur machination en chargeant leur nouvelle « recrue », ce zozo de Francis, du recouvrement. Ils l'équipèrent de pied en cap, et lui dirent d'aller rafler le butin au comptoir de numismatique pendant l'absence de la boutonneuse.

Pour le rassurer, ils prétendirent que le fusil était chargé à blanc, et lui en administrèrent la « preuve » en tirant sur eux-mêmes les deux premières balles qui elles étaient blanches, mais pas les autres !

Je te raconte, te raconte, au fil en vrac, t'auras qu'à trier ; pas besoin de lunettes : c'est tout de même pas des lentilles !

C'est alors que ce charognard de Francis eut une curieuse exigence. D'accord, il voulait bien donner une preuve de ses capacités et de son « engagement », mais il voulait en contrepartie que la bande fasse de même.

Et sais-tu ce qu'il exigea, ma douce petite salope chérie aux yeux de rêve ? Le sais-tu ? Tu donnes ta langue ? Quelle merveille ! Il voulut qu'on lui apporte l'annulaire de sa belle-mère ! Un cadeau qu'il tenait à faire à sa maman pour la fête des mères ! Braque, hein, mais symboliste !

Les autres acceptèrent. Bien sûr, ils ne coupèrent pas le doigt d'Evelyne mais celui d'une camée au dernier degré à qui ils l'échangèrent contre trois sachets de blanche, les atroces misérables ! Ils mirent la seconde dame Télémard dans la confidence. La chose l'amusa ; Evelyne joua le jeu du pansement (elle fit même croire à son vieux Kroum qu'elle s'était réellement blessée). Et comme Bonnet de laine lui plaisait, elle devint sa maîtresse de la journée, comme, le surlendemain, elle devait devenir la mienne, cette nympho ! Le feu au cul à ce point, je te jure, il ne fait pas bon être le mari d'une telle donzelle !

Bonnet de laine accepta de lui faire vivre la mésaventure du Francis détestable. Il était certain qu'il y aurait du sport, puisqu'il avait prévenu la Poulaille de la visite du pigeon chez le numismate.

La suite, hein ? Plus besoin de te projeter des diapos. Les mecs ne laissèrent rien au hasard, allant même jusqu'à installer une fille à eux chez la première dame Télémard pour la surveiller, puisqu'elle était rancardée au sujet de la drogue. Ils l'embarquèrent quand les choses se gâtèrent.

A peine achevé-je cet extraordinaire récit qu'on sonne à la lourde des Pinuche.

— Ah ! Voilà Pélagie ! gazouille le Délabré.

Il se précipite. Mais tarde à revenir.

J'entends parlementer. Puis Pélagie paraît, plus noire et superbe que jamais, illuminée par le bonheur.

— Bonjour, tout le monde ! fait-elle. Escusez le retard, je suçais un vieux sénateur de ma clientèle et il n'arrivait pas à se mettre à jour. Dites, c'est plein de monde sur le palier. Des gosses...

Elle n'achève pas.

On voit revenir Pinaud, penaud, suivi de seize gamins roux, filles et garçons confondus dans un même flamboiement.

Mme Mathias ferme la marche.

— Ma chérie, dit César à sa femme, voici Mme Mathias qui a un petit service à nous demander : depuis plus de quinze jours, son mari est en déplacement professionnel à Quito, en Equateur, elle n'y tient plus et part le rejoindre ; elle voudrait savoir si nous acceptons de garder ses enfants en son absence, je ne vois pas pourquoi nous refuserions, n'est-ce pas ? Après tout, vous êtes deux femmes à la maison !

FIN

Achevé d'imprimer le 18 juillet 1983
sur les presses de l'Imprimerie Bussière
à Saint-Amand (Cher)

— N° d'impression : 1545. —
Dépôt légal : septembre 1983.

Imprimé en France

PUBLICATION MENSUELLE